淑女の告白

短編推理小説集

黒岩夕城

鳥影社

淑女の告白　目次

空白の時間

1

今日も日が暮れる。神村修司は、全身に脱力感をおぼえた。やはり、この作品も自分の納得できるものではない。アイデアはすぐに浮かんだが、結局は、傑作になるという錯覚に引きずり込まれただけなのだ。こんな作品ではとうてい賞を得ることなど無理だ。そう思うと、彼は絶望的な気分になった。窓に目をやると、すでに日が落ちている。閉め切った雨戸の隙間から忍び込んでいた西日も消え失せていた。せっかくの休日だというのに時間を無駄にしてしまった。こんなことで目前に迫った「文芸界新人賞」の締切りに間に合うのだろうか……。彼は、パソコンのキーボードを力任せに押しやると、机上の〝エコー〟を一本抜き取り百円ライターで火を点けた。もう三十四年間こんな生活をつづけてきたが、彼はそろそろ限界を感じ始めている。すでに若くはない。あと三年で還暦だ。これから先のことを考えると不安がつのる。まだ五十代のうちなら生活を立て直せるかも知れない。しかし、これまでの人生の努力をそう簡単に捨て去ることはできない。ならば、どうしたらよいのか……。いつもの焦燥感が湧き起こってくる。

神村は、三十年ほど前から世田谷区経堂《きょうどう》に住んでいる。住居は風呂なし四畳半の老朽化した木造アパートで、そこで独り暮らしをしているのである。仕事は警備員の派遣会社に所属し、アルバイト待遇で主に工事現場などの交通整理をしている。間もなく年金が支給される年齢に達するが、彼は国民年金に加入していないのでそれを得ることはできない。二十歳すぎの頃、田舎でアルバイトをしていた彼のもとに町役場から国民年金の支払い請求の書類が届いたが、彼の給料ではとても払えぬので無視していると督促状もそのうち途絶えた。その後、上京してアルバイトや正社員の職を二十余りも転々としたが、正社員として働いた会社では毎月の給料から厚生年金が天引きされていた。しかし、つい数年前、過去に不祥事の相次いだ日本年金機構から厚生年金の件で電話があり、若い頃に支払っていた会社名やその所在地まで細かく聞かれた。だが、そんな昔の短期間しか働かなかった会社のことなど詳細に分かるはずもなく、また記憶していても会社自体が消えていたりして判然としなかった。すると相手は「いずれにしろ、それらを合計しても支払い年数の要件を満たさないので支払い対象からは除外となります」と断じてきたのだった。つまり年齢が達しても年金は貰《もら》えぬことが確定したのである。

別に、年金などを頼りにするような地道な生き方をしてきたわけではない。彼は金よりも大切なもの——小説家になるという夢に、人生を賭けたのだ。そのために結婚もせず旅行を楽しむこともなく美味いものも食わず、そういう人並みの幸福には背を向けて小説にだけ人生を捧げてきた。しかし年金も貰えぬこととなった今、貯金も雀の涙ほどしかない彼は、これで体力的に働けなくなればホームレスに転落するのは決定的で、果ては行路病者という末路を辿《たど》ることがほぼ見えてきたのである。

そもそも彼が小説にのめり込んだのは、二十三歳の時からであった。当時、彼は小平市の玉川上水沿いのアパートで子猫と一緒に暮らしていた。その頃の孤独な青年の心情を綴《つづ》った小説が地方の新聞社主催の文学賞を獲得し、それが彼の創作意欲に火をつけたのである。その文学賞は賞金はたった十万円だったが、作品が新聞に連載され、その時に貰った賞状と盾が彼の唯一の宝物となった。それは今でも押入れの奥の段ボール箱の中に静かに眠っている。それから三十四年間、彼は毎年欠かさずいくつかの新人賞などに応募しているが、それは落胆の連続という空しい年輪を刻んでいる。いつまで書けるのか……いや、受賞する日は訪れるのか……。それがなければ彼の三十四年間は、少なくとも普通人から見れば、人間としてのあたり前の幸福が欠落した、いわば空洞の歳月でしかない。それだけに彼の心は切羽詰まっていた。

神村は、短くなったタバコを腹立たしそうに揉《も》み消した。そして狭い流しの上に置いてある焼酎のペットボトルの蓋《ふた》を開け、それをグラスに注ぐと自棄のように一気に飲み干した。そんな彼の頭の中に、またもある作品の存在が蘇《よみがえ》った。それは「空白の時間」という見知らぬ他人が書いた小説だった。彼がその原稿を手に入れたのは、もう三十三年も前のことであった。そしてそれは今でも彼の押入れの段ボール箱の中に賞状や盾と一緒に保管されている。他人の作品であるのに処分しないのは、彼がその作品を気に入っているからだ。だから、どうしても捨てる決断がつかなかったのである。

原稿は、彼が二十四歳の時に拾ったものだった。文学賞を受賞した翌年である。当時、彼は小金井市に住んでいた。仕事はちり紙交換のアルバイトをしていたが、五日市街道を上ってその沿線の三鷹市や吉祥寺方面へ遠征することもよくあった。そこで原稿を拾ったわけだが、東京に来て日が浅く地理に疎《うと》い上にアテもなくトラックを流していたので、拾った現場がどこであったか今となっては探しあてることはできない。だが、三鷹駅南方に広がる古い住宅地の一角であったことは記憶している。トラックで流していると一軒のブロック塀の門の前に古新聞の束が出されていた。彼はトイレットペーパー一個とそれを交換したのだった。そして夕方、古紙回収センターに戻り、古新聞の束を太いビニール紐で梱包し直していると、新聞紙に挟まれている生原稿に気づいたのである。彼はそれをアパートに持ち帰った。

原稿はB４版の四百字詰原稿用紙を二つに折り、その背をまるで和本のように太めの白糸で丁寧に綴じたもので、枚数はちょうど百枚であった。表紙にダークブルーの万年筆の太い文字で「文芸界新人賞応募作品　空白の時間　紺野國《くに》太郎《たろう》」と書かれているがプロフィールなどは一切記されていなかった。表紙をめくるといきなり本文が始まっている。応募するからには住所や職業、電話番号なども書くものであろうが、どういうわけか、それらはどこにも記されていなかった。古新聞と一緒に処分したということは、何かの理由で応募を断念したということなのだろうか。もしかしたらプロフィールなどの個人情報は、万が一誰かの目に触れた時の用心のために捨てる際に抜き取ったのではないか。表紙の次、つまり二ページ目にプロフィールはあったのかも知れない。しかし、いずれにしてもなぜ応募しなかったのか、それが不思議であった。が、とにかく彼はそれを読んでみた。それは小説を書き慣れた〝大人の作品〟という印象で、あらためて、なぜ応募を断念したのかと思わせるほど面白く、一気にラストまで読み終えた。自分にはとても真似のできぬ秀作だと思い、世間にはこんなに才能のある無名作家が眠っているのだと嫉妬に近い感情も抱いたものだ。少なくとも、その当時の神村は、それによって自分の力量のなさを痛感させられたのだった。それが三十三年経った今では、ただ畏敬の念だけでなく、この作品をこのまま眠らせておくのは惜しい、という思いが強くなってきたのである。長い間所蔵しているうちにまるで自分の作品のような愛着も湧いてきたが、そればかりでなく、これを自分の名前で応募し、作家として世に出るための足掛かりにしてもよいのではないか、という邪心も間欠泉のように沸々と込み上げてくるようになったのだった。

神村は、あらためて「空白の時間」に目を通してみた。それは要約すると以下のような内容であった。

2

《主人公の島崎一夫は、間もなく五十歳を迎える平凡なサラリーマンである。東京都下の古い家に妻子と住み、昼間は下町にある外資系の清涼飲料水の製造工場に勤めている。そこで彼は品質管理部という部署に所属しているが、彼の仕事は味気ないものだった。彼らに独創性や創意工夫といった意欲を発揮する余地はない。工場は製品が規定どおりに生産されていればよいので、彼らはその見張り番のような存在だった。といっても工場に顔を出すことは滅多になく、大方は事務所でワープロに無味乾燥な数字を打ち込むだけのデスクワークである。そんな時間から時間までの判で押したようなアンニュイな日常を送っていた島崎だが、ある秋の土曜日、彼はまるで日頃の鬱憤を晴らすかのように退社後に都内の盛り場を一人飲み歩く。まずは小料理屋で腹ごしらえをし、その後、バーに三軒立ち寄り、最後は新宿歌舞伎町のクラブで痛飲し、泥酔状態で夜中近くになって電車に乗り込んだ。が、どうやって駅員に定期券を見せたのかも憶えていない。次に彼が気づいたのは自宅の寝室で、すでに翌日の午前であった。昨夜の記憶はほとんどない。酒場での様子は霧の中からほんのわずかに顔を覗《のぞ》かせるが、地元の駅を降りてから自宅までの記憶は完全に欠落している。素面《しらふ》ならば駅から自宅までは徒歩で十五分ほどの道のりである。妻によると深夜十二時半頃に帰ったというが、果たして駅を何時に出たのかが分からない。どうやって家まで辿り着いたのか、それはまったくの〝空白の時間〟であった。その上、彼は重度の二日酔いに陥っていた。そのために頭痛にのたうちまわり妻の用意した洗面器に嘔吐《おうと》を繰り返していたのである。

彼らには大学を出たばかりの一人娘がいる。が、彼女は勤務している一流銀行の支店長の息子と婚約し、昨日から両家公認で熱海へドライブ旅行に出掛けていた。島崎としては、こんな無様な姿が娘の目に触れなかったことがせめてもの救いであった。

そんなところへ妻が入ってくる。彼女はまるでワイドショーで芸能人のスキャンダルを知ったように浮かれている。その原因はすぐに分かった。昨日の深夜、家のすぐ近くの神社の境内で若い女が絞殺されたというのである。神社は島崎の自宅から六、七十メートル駅寄りにあり、敷地面積七百坪余りの広さがある。四囲は欅《けやき》、赤松、樫《かし》などの大木が目隠しの役目をしており、鳥居を入った右斜め奥に社殿、その反対側の角に宮司一家の住む二階家が建っている。女の死体は道路沿いの鳥居を入ったところの石畳の上に倒れていたという。発見したのは宮司の母親で、今朝、境内の落ち葉を掃き清めようと出てきて遺体に気づいたらしかった。現在、警察によって現場検証が行われていて、付近の住人や野次馬が集まり大騒ぎになっているという。

「犯人は男よ」

妻は言った。

「なんで」

「だって、刑事さんがネクタイのようなもので絞められた、って言ってたらしいわよ」

「……」

島崎は嫌な予感がした。神社の前の道は、毎日、通勤で使っている。彼は昨夜、何事もなく神社の前を通り過ぎた自分を思い出そうと努めるが、どうしてもその記憶が浮かんでこない。それどころか、何となく誰かと悶着《もんちゃく》を起こしたような騒がしい感覚が脳裏に宿っている。まさか――、と、彼は自ら否定しようとするが、不安は二日酔いの頭にガムのようにこびりついて離れない。そんな彼の心の内も知らず、妻はまたいそいそと出かけて行く。殺人現場へ行って近所の物見高い主婦たちとお喋《しゃべ》りをしているのである。

しばらくして、妻がまた入ってくる。殺された女の素姓が分かったという。女は駅前のバー「ゆうかり」のホステスで、この先のアパートに住んでいるのだという。女は昨夜、閉店と同時に客の男と一緒に帰ったことを店のママが証言している。ママによると、その客は五十近いサラリーマンで過去にも二、三度来店したことがあるが、名前までは分からない。しかし昨夜は地味なグレーの背広を着ていたという。

「なんだか、あなたに似てるわねえ」

妻は茶化すように、壁に掛かった夫の背広を見て呟《つぶや》いた。

島崎は恐怖に慄《おのの》いた。そのバーなら以前に二度ほど立ち寄ったことがある。女と一緒に帰った男とは、自分にちがいない。女を神社に連れ込んで乱暴でもしようとして抵抗され、思わず殺してしまったのか……。

島崎が苦しんでいる一方で、妻はまたも出て行く。家の外から妻と近所の主婦たちの鶏鳴《けいめい》のようなやかましい話し声が聞こえてくる。その声は、まるで自分の罪を暴かれ衆人から罵倒されてでもいるように島崎の神経を打擲《ちょうちゃく》した。自分は警察に捕まるのだろうか。いや、捕まるだろう。警察の捜査能力はあなどれない。すぐに証拠をかき集めてじわりじわりと迫ってくるだろう。天網恢恢《かいかい》疎にして漏らさず、と言うが、記憶がないほど酔っていたのだから決定的となる証拠をいくつも残しているにちがいない。もうすでに、店のママの証言で自分は重要参考人になっているのだ。店から自宅までの記憶の空白が恨めしかった。いや、恐ろしかった。そう思うと、彼はまた二日酔いの発作に襲われ嘔吐した。精神的に追い詰められ、吐きながら涙まで流した。記憶にない殺人で裁かれる恐怖、無念さが脳髄に押し寄せてきた。親兄弟たちはどんな顔をするだろう。一族の中に殺人者が出れば彼らも一生その負い目を引きずって生きていかねばならない。さぞ、怨まれるだろう。それよりも娘だ。せっかく婚約し、幸福の絶頂にある娘に何と詫《わ》びたらいいのだろう。当然、婚約は破棄され銀行にもいられなくなる。その絶望のどん底で、娘はそれでも生きていけるだろうか……。

夕方も近くなり、ようやく妻が戻ってきた。妻によると、警察が付近一帯の家を一軒一軒虱《しらみ》潰しに訪ねて聞き込みにまわっているというのだった。

「もうすぐウチにも来るわよ」

妻はまだ浮かれた調子である。島崎は泥水でも飲まされたような息苦しさをおぼえ、思わず妻に頼む。二日酔いでとても刑事の相手をする元気などない。だから昨日から地方の支社に出張していることにしてくれ、と。

「仕方ないわねえ」

妻は渋々承知する。島崎は、これからのことを思案するが、何も思い当たらない。まずは一服つけようと、妻に頼む。

「おい、タバコを取ってくれ」

「そんなに苦しいのにタバコなんて吸っていいの？」

「いいから、早く」

「はいはい、分かったわよ。どこにあるの？」

「背広のポケットだろう」

妻が島崎の背広のポケットからタバコを取り出そうとすると、それと一緒にバー「ゆうかり」のマッチと赤いサンゴのイヤリングを摑み出した。イヤリングは片方だけだった。慌ててもう一方のポケットを探ると、そこからは乱暴に丸められたネクタイも現れた。妻の顔が一変する。

「何よ、これ。殺されたホステスの店のマッチじゃない。それにこのイヤリング……こんな派手なのするのは水商売の女くらいよ」

島崎の顔面も蒼白になる。やはり俺がやったのか、と観念する。

「まさか、あなた……！」

「許してくれ。何も憶えていないんだ」

「憶えてないって……これ、立派な証拠じゃない！」

それを皮切りに妻は半狂乱になって喚《わめ》き散らして夫を責める。夫の襟首を摑《つか》んで泣き叫び、また我を忘れて顔を殴り罵倒する。朝からの恐怖が島崎の忍耐の限界を突き破った。次の瞬間、彼は野獣のような咆哮《ほうこう》を上げながら妻を絞め殺していた。

島崎は妻の死体の横で茫然と自分も身を横たえた。何も考えられなかった。ただ何もかもから消えたい、逃げたいと彼は願った。彼は思い出したように手早く背広に着替えると、そそくさと部屋を出て玄関へと向かった。これからタクシーに乗り、どこか途中の薬局で睡眠薬を買い、高尾山の清滝《きよたき》駅でタクシーを降りて薬王院《やくおういん》辺りまで歩いて登る。その中腹の森の中で眠っていれば何の苦もなく凍死できるだろう。そう思い玄関を開けると、ちょうどそこへ旅行から戻った娘が立っている。

「どうしたの？」

島崎は恐怖で声を失った。

「今頃からどこへ行くの？」

「……」

「お母さんは？」

「……」
島崎は苦悶《くもん》の表情を浮かべて、その場に膝を落とした。そんなところへホステス殺しの件で二人の刑事が聞き込みにやってくる。刑事たちは怪訝《けげん》そうに島崎を見つめるが、彼の目は虚空をさまようばかりである。その時、家の奥から天をつんざくような娘の悲鳴が響き渡る。島崎は、その場で妻殺しを認めて緊急逮捕される。しかし、彼は警察での取り調べでも頑《かたく》なに黙秘をつづけた。誰にも妻を殺した動機は分からなかった。だが、刑事が雑談でホステス殺しの犯人が逮捕されたことを告げると、途端に子供のように大声をあげて泣き崩れた。

刑事によると犯人は、ギャンブルに嵌《はま》り親からの仕送りを使い果たした男子大学生だった。生活費欲しさにホステスのハンドバッグを奪おうと店の前から彼女を尾行したのである。女はブランド物の派手な服装をしていたので、この女なら大金を持っていると踏んだのだ。女は酔った中年男と一緒だったが、どこか途中で別れるにちがいないと思った。案の定、女は酔った勢いで体を触ってくる男を罵り、彼を残して小走りに逃げ去った。その後を追って大学生は神社の暗がりで女に襲いかかったのである。しかし思わぬ抵抗に遭い無我夢中で女の巻いていたスカーフで首を絞めて殺してしまった。指紋検出を恐れて凶器となったスカーフは持ち去った、というものだった。あの晩、島崎は確かに「ゆうかり」に立ち寄りホステスと一緒に店を出たという。それは島崎の顔を確認した「ゆうかり」のママの証言だった。そして、赤いサンゴのイヤリングはホステスに絡んだ際に島崎が女から奪ったものと推定された。――すべてが明らかになると、島崎は嗚咽《おえつ》しながら取り調べ室の机に何度も何度も頭を叩きつけた。そして、ようやく妻殺しの動機

とそれに至った状況を空《うつ》けたような声音でぽつりぽつりと供述したのであった……》

3

神村は、読み終えて今回も感嘆の溜息を洩《も》らした。ストーリー自体はどちらかといえば月並みだが、原稿用紙百枚のほとんどは主人公である島崎の切羽詰まった心理描写で占められている。それには鬼気迫るものがあり、主人公の恐怖に慄き惑乱する描写と筆力は何度読んでも感服させられるのだった。酒が唯一の趣味で、自分もしばしば深酒をする神村にとっては島崎の心境は痛いほど理解できた。それが余計にこの作品に愛着をおぼえた理由かも知れなかった。いずれにしろ、もう三十年以上も昔に書かれたものであるからすっかり色褪《あ》せているのではないかという危惧はあったが、神村はあらためて読んでみて、やはり佳品であると納得した。そう思うと、この紺野國太郎という作者はなぜ応募しなかったのだろうか、という疑問がまたも湧いた。この作品が書かれてから三十年以上が経っているが、これなら今でも通用するのではないかとも思った。今でも通用する……？　そうだ、ダメモトで応募してみたらどうか。これから新しい作品を書くといっても締切りに間に合いそうにない。この作品の評価も確かめてみたい。これをそっくりパソコンに打ち込んで自分の名前で応募するのだ。バレるはずがない。作品内容からしても作者の名前からも、紺野國太郎という男は自分よりもはるかに年配に思える。執筆当時、五十歳近いと仮定すると、今は八十歳くらいだろうか。もう小説への執着は消え失せているかも知れないし、もしかしたらこの世にはいないと考えてもおかしくない。大丈夫だ。絶対にバレるはずはない。神村の結論は、そこへと到達した。せめて、タイトルだけでも変えようとあれこれと百考し、「道化師の涙」などというものも浮かんだが、この作品には、やはり「空白の時間」というタイトルが一番適している。これ以上にふさわしいタイトルはない、というふうに思えた。それは長年そのタイトルを見慣れつけたからかも知れなかったし、人間とは一度得た感動から容易に脱することのできぬ生き物であるようだ。

そして結局、神村はタイトルは変えず、作品中にある〝ワープロ〟を〝パソコン〟に変える程度の改竄《かいざん》を施し、それを自分のパソコンに打ち直して「文芸界新人賞」に応募したのだった。

神村の警備員としての主な仕事は、地下に埋設された水道管やガス管の保守点検や交換、あるいは道路の補修工事に伴う歩行者や車両の誘導だが、それらが通るたびに丁寧に一礼しなければならない。それは会社からの厳命であるので、一日に幾度米搗《こめつ》き飛蝗《ばった》のように頭を下げることか。おまけに食事は付近に食堂があればよいが、駅から離れた住宅街などだとコンビニで弁当かパンを買ってきて現場近くの路上で済ますことも珍しくない。風や雪、雨に晒《さら》された日などは情けなさが込み上げてくる。そんな彼の唯一の楽しみは、仕事を終えてアパートで飲む独り酒である。狭い台所で魚の干物を焼いたり、フライパンで肉や野菜を炒めたり、疲れていてそれも億劫《おっくう》な時には魚肉ソーセージを丸齧《まるかじ》りしながら焼酎の水割りに酔いしれる。毎日の酒量は大きめのグラスに三杯と決めている。若い頃には毎日が二日酔いのように飲んだものだが、五十代になってからは三杯も飲むと心地よくなり、それ以上は体が拒否反応を示すようになってしまった。体は確実に衰えている。それでも銭湯から戻り、その三杯をちびりちびりとやっている時だけが仕事の辛さも将来への不安も忘れさせてくれる至福の瞬間なのだった。

そんなある夜にその電話は入った。固定電話を持たぬ神村の携帯が鳴ったのである。それは文芸界に原稿を郵送してから三ヵ月ほどが経った秋も半ばのことだった。なんと応募した「空白の時間」が「文芸界新人賞」を受賞したというのである。神村は頭の中が真空状態となり、相手の言葉がすぐには呑み込めなかった。不思議なことだが、長年思い描いていたような喜びは湧いてこないのだった。どこか他人事のような気分であった。それもそのはずだ。自分の作品ではないのだから。だが、これによって作家としての道がほんの少しでも拓かれたことは雀躍《じゃくやく》すべき事実であった。

やがて「空白の時間」は受賞作として文芸界に掲載された。選考委員たちの選評も好意的であった。それらと一緒に神村の顔写真やプロフィール、受賞の言葉も紹介された。新聞や週刊誌等のインタビューも受け、授賞式にも一着しかないダークグレーのスーツで出席し、受賞の喜びや審査員たちへの謝意を述べた。むろん、いくばくかの罪悪感はあったが、それは文芸界編集部に対してであって、あの作品の本当の作者にではなかった。もう自分には後がないという思いと、この世にあの作品の存在を知っているのは自分だけだという確信が彼を大胆にさせた。自分には学歴による恩恵もないし、たった一人の味方もいない。自分がこの世界で生き抜いてゆくためには今の自分に与えられた状況を肯定するしかないのだ、と彼は念じた。

その後、受賞第一作を依頼された神村は、警備員の仕事からも足を洗い、今は新作の執筆に頭がフル回転の毎日だった。しかし、こうして小説だけに専念していられるのもわずかな期間かも知れない。賞金が底をつき、今書いている作品が認められなければ、また警備員に逆戻りだ。それからこつこつ書いて編集部に持ち込むにしても切羽詰まっている状況は以前と大差はないのである。それだけに彼は真剣だった。

4

そんなある晩のことだった。執筆に行き詰まった神村は、地元経堂駅近くのバーへ気晴らしに飲みに行った。彼にとっては分不相応な店であったが、受賞の喜びを彼はそこで密かに祝った。それから時折通うようになったのである。そこは地下一階にあり、女の子のいない静かな店だった。店内には三十代のバーテンが一人いるだけで、いつもマイルス・デイヴィスの退廃的なトランペットの音がかすかに流れている。神村が顔を出す時間帯にはほとんど客の姿はなく、彼にとっては居心地のよい空間であった。あまり広くないフロアもあるが、神村はいつものようにカウンター席に座り、焼酎の水割りを注文した。バーテンの背後にはさまざまなラベルが貼られた洋酒の瓶が賑やかに並んでいるが、神村が頼むのは決まって焼酎だった。この店の酒は、同じ麦焼酎でも神村が自分の部屋で飲んでいる安物とは違い、癖がないのに芳醇《ほうじゅん》な味わいに満ちていた。

神村の前に水割りが届いた。すると間もなく店のドアが開き、一人の男が入ってきた。神村と同年輩のサラリーマン風の男だった。中肉中背の神村に較べると痩せてはいるが背が高かった。男は、神村の隣の椅子に腰を下ろすとバーテンに瓶ビールを注文し、その直後、神村に声をかけてきた。

「神村修司さんですよね」

「……はァ」

「この度は受賞おめでとうございます」

「ああ。どうも」

神村は一般人からそんなことを言われたことがなかったので、かすかな警戒心をおぼえた。

「どんな気分ですか」

「え」

「新人賞を受賞するというのは」

神村は無言で焼酎を飲んだ。

「天にも昇る心地でしょう」

「そりゃあ大袈裟ですよ。ただ自分の書いたものが一部の雑誌に認められただけですからね」

「ずいぶんクールなんですね」

この男はいったい誰なんだ。なぜ、俺のことなど知っているのだ。神村は薄気味悪くなってきた。

「オタクもその関係の方ですか」

神村は男に問いかけた。すると、男は言った。

「名案があるんですがねえ」

「は？」

「私、こう見えてもなかなかのアイデアマンでしてね。頭の中にストーリーが次から次へと浮かんでくるんですよ」

「それは羨ましいですね」

「こういうのはどうでしょう」

神村は無視するように焼酎を飲んだ。

「私のストーリーをあなたが小説にするというのは。きっと売れると思いますよ」

「そんなことをしたらインチキになりますよ」

神村は鼻で笑った。だが、男はなおも喋りつづけた。

「今、浮かんでいるストーリーだけでも聞いてもらえませんか」

「結構です。私は自分のオリジナリティーを何よりも大事にしているので」

「そうですか。残念ですね。いい話なんだけどなァ……古新聞と一緒に原稿を捨てた男とそれを拾った男の物語なんですがねえ」

神村の、グラスを持つ手が止まった。それを見て男は言い放った。

「私、紺野國太郎と申します」

神村は恐る恐る男の顔を見た。それは考えるまでもなく、「空白の時間」の本当の作者の名前であった。

「分かりますよね」

「……さァ」

神村は冷静を装って突き放した。

「分からないわけがない」

「……」

「もっと年寄りを想像していたでしょう」

「……」

「オタクと同い年ですよ。私は早生まれだから学年は違いますけどね」

紺野は文芸界に載った神村のプロフィールを知悉《ちしつ》しているようだった。ファンを騙《かた》って文芸界の編集部に電話をし、住所も突き止めたのだろう。アパートへ行くと、そこへ神村が出てきた。それでこの店まで尾行してきたのだ。そうにちがいない。神村はそう踏んだ。

「私もいまだに小説家志望ですよ。あなたが羨ましい限りです」

「紺野さんと言いましたか。私にいったい何の用ですか」

神村は思い切って言ってみた。すると相手は、

「しらばっくれちゃいけませんよ、神村さん」

「何をしらばっくれるんですか」

「私の原稿を返して貰いたい。あなたの受賞作となった私の生原稿を」

神村は無言で一口、焼酎を飲んだ。

「あの生原稿を返してくれさえすれば、その他のことはすべて水に流します」

「いったい、何のことです」

神村はあくまでもシラを切った。

紺野の前にビールとグラスが置かれた。彼はそれを一杯飲み干すと、低い声で言い放った。

「あくまでもそういう態度を取るなら、こちらにも考えがありますよ」

「……」

「あなたの受賞を取り消すことくらい、簡単なことなんだ」

「……」

「原稿さえ返して貰えば、他には何も要求はしません」

「……」

神村が黙っていると、紺野は高圧的な口調になった。

「三日間だけ猶予を与える。三日後の夜八時、またこの店で待っている。現れなかった場合は盗作をマスコミにバラす。いいな、三日後だ」

「……」

そう言い残すと、紺野は店を出て行った。

神村は追い詰められた。グラスを握りしめ、じっと石にでも化したように動けなかった。原稿を返したら盗作を認めることになる。それは一生の致命的な弱みを握られることにもなる。紺野はなぜ今になって生原稿などにこだわるのだろうか。新人賞を獲られたことへの怒りか、憎悪か。しかし生原稿は盗作の何よりの証拠だ。返すことなどできない。それとも、盗作をネタに俺を強請《ゆす》ろうとでもいうのか。神村は、動転した頭で必死に考えた。そんなに執着する作品なら、なぜ、三十三年前に応募しなかったのか。いや、なぜ捨てたのか。しかし、そんなことを推理している場合ではない。そう気づくと、神村は金も払わずに店を飛び出していた。作品を盗んだのは確かだが、今更あんなどこの何者とも分からぬ男に俺の人生を台無しにされてたまるか。とにかく、男の素姓を確かめるのだ。それが先決だ。そう胸の中で叫びながら男を追って駅へと夢中で走った。が、駅の改札を入って彼は迷った。上りか、下りか。しかし「空白の時間」の中に東京都下に住んでいる、とあるので自然と足が下り線ホームへと向かった。だが、そこに紺野國太郎の姿はなかった。すでに電車が出た後なのか、とも思ったが、ホームの時刻表に目を走らすと紺野が店を出て以降の発車はない。ふと、前方に目をやると線路を挟んだ向うの上り線ホームのベンチに座っている紺野の姿が視界に入った。神村は弾かれたように踵《きびす》を返し、広い階段を坂道のように下り、上り線ホームへのエスカレーターを駆け上った。そこへ新宿行きの上り急行電車が到着した。神村は、それに紺野が乗り込むのを確認し、自分も隣の車両に身を入れた。

紺野は次の停車駅である下北沢で下車すると、京王井の頭線に乗り換えた。そして終点の吉祥寺でさらにJR中央線を乗り継いで三鷹駅で下車した。神村は追った。紺野は三鷹駅南口を出ると、玉川上水沿いの薄暗い道を南東に進み、途中の住宅街の路地を右折してしばらく歩き、古いブロック塀に囲まれた自宅へと入った。位置としては井の頭公園西方の閑静な住宅街で、三鷹駅からは徒歩で十五分ほどの所であった。神村が三十三年前に古新聞にはさまれた生原稿を拾ったのは、この場所だったのである。しかし、やはり神村の記憶はぼんやりしていて定かではない。が、大きな手掛かりを彼は摑んだ。紺野の家に到着する六、七十メートルほど手前に「空白の時間」に登場するのとよく似た神社があったのである。それを彼は見逃さなかった。

それからアパートまで戻った神村は、あらためて「空白の時間」の生原稿を手にして考えた。紺野の意図をである。なぜ、紺野はこの生原稿が欲しいのか。どんな必要があるというのか。単なる愛着だけではなかろう。住所まで突き止めて接近してくるくらいだから確たる理由があるにちがいない。しかし、それが分からない。神村は、これからの自分の為すべきことに思考を移した。紺野に突き付けられた猶予は三日間だけだ。そのたった三日間に何かしら自分が救われる手掛かりは得られないか……。だが、考えたところでそれも所詮は闇の中である。だからといって手を拱《こまね》いているわけにはいかない。これからの三日間で何かしらの行動を取らねばならない。このまま黙って時間を無駄にするわけにはいかないのだ。何もしなければ相手に屈服し、一生盗作をバラされる不安に苛まれるだけだ。その時、ふっと彼の脳裏をよぎるものがあった。紺野に隠された弱点はないのだろうか、ということである。それが摑めれば何かしら状況が変わってくるかも知れない。今、自分にできることは、まず紺野の身辺を洗うことではないか。それしかない。自宅の所在は確認したのだ。今は何も考えずに奴に密着してみよう。結論を出すのはそれからだ。そう決意すると、神村は焼酎を一杯呷《あお》って早々に布団にもぐり込んだ。

翌朝、神村は早く起きた。そして経堂駅発五時四十八分の電車に乗り、昨夜と同じルートを辿って三鷹へと向かった。三鷹駅に着いたのは六時二十八分だった。そこから紺野の家に向かって歩き、手前の神社の狛犬の陰に隠れて紺野が出てくるのを待ち構えた。彼は紺野のことを何もかも知りたかった。そこから紺野に対抗できるだけのネタを探し出すしかなかった。そうこうしているうちに宮司が箒《ほうき》をもって現れた。神村は、朝のラジオ体操をしている振りをしながら鳥居の外を絶えず窺《うかが》った。すると三三五五老人たちが集まり、彼らも境内で体操を始めた。神村の姿は目立たなくなった。

紺野が姿を現したのは、神村が神社に到着してから四十五分ほどが経過した七時三十五分だった。神村はすぐさまその後を追った。通行人に混じり三鷹駅まで歩き、紺野の後から電車に乗り込んだ。紺野の乗った中央線の車内は、むろん通勤通学客で満員である。紺野は扉に寄りかかり、スマホをいじるわけでもなく文庫本に目を落とすでもなく、じっと俯《うつむ》いている。会社へ行くのがよほど憂鬱なのか、それともあの原稿のことが気がかりなのか……。神村は車両の半分ほど離れた乗客の陰からずっと紺野の表情を窺った。ようやく御茶ノ水駅を降りた紺野は、そこを出て飲食店街に沿った歩道を五分ほど歩いて地下鉄千代田線の新御茶ノ水駅に入った。神村は紺野に悟られぬよう人混みに紛れて追跡をつづけた。紺野は千代田線で綾瀬まで下り、綾瀬から常磐線に乗り換えて次の葛飾区亀有でついに下車した。亀有駅北口を出た紺野は、そこから今度は飲食店や風俗店などのケバケバしい看板が目立つ繁華街を中川方面へひたすら歩き、環七を越えた工場が点在する一帯のとある会社の門の中へと姿を消したのだった。それは小説の中で主人公の島崎が勤めていたのと同じ外資系の清涼飲料水製造工場であった。少なくとも、主人公の島崎一夫は紺野自身を投影させたことは間違いなかった。でも本当にそれだけか。神村は思った。作品内容には関わりはないのか。あれは奴の実体験なのではないのか。いや、そんなことがあるはずがない。奴はこうして会社に通っているのだし、妻を殺してなどいるわけがないのだ……。

とりあえずその足で経堂まで戻った神村は、行きつけの蕎麦屋で遅い朝食を摂った。盛り蕎麦をすすりながら、神村はまたも思いをめぐらせた。紺野國太郎が生原稿を欲しがる理由は何なのだろう。単なる愛着か。そんなはずはない。そんなに愛着があるなら、なぜ応募しなかったのか。いや、なぜ捨てたのか。それがやはり分からない。自分の作品が受賞してしまったことで、神村に対して異常な憎悪や悔しさといったものをおぼえたのだろうか……。いくら考えても昨夜の推理の域を出なかった。

その時、店内に流れていたテレビがニュース番組に変わった。神村の耳目は、そのある事件の報道に注がれた。それは東京都足立区内に住む若いＯＬが、深夜、スナックでのアルバイトを終えて帰宅途中に何者かに殺害され、財布や携帯電話の入ったバッグを奪われた、というニュースだった。

――まさか……！

神村には何か閃《ひらめ》くものがあった。彼は蕎麦屋を飛び出すと、アパートへは戻らず、再び三鷹へと向かった。

5

神村が三鷹駅に着いたのは、それから一時間足らず後のことだった。彼は北口を出ると、駅舎の右側二十メートルほどの並びに設置されている交番に入った。彼の目的は、地元の図書館へ行くことだった。そこで三十三年前の古い新聞を閲覧することである。まさに彼は、藁《わら》にも縋《すが》る思いであった。

この辺りでもっとも規模の大きな図書館はどこかと訊ねると、交番の若い巡査は、「それは武蔵野中央図書館ですよ」と答え、壁に貼られた地図を指でなぞって説明した後、親切にもメモ用紙に目的地までの道順まで書いてくれた。そこは三鷹駅から真北へ歩いて十二、三分ほどのところであった。

神村はメモを見ながら歩き出した。期待と不安が入り混じっていた。果たしてどんな結果が待っているのか。しかし今の自分にできることはこれしか残されていない。そんな不確かな望みに賭けて彼は目的地を目指した。

駅前の喧騒《けんそう》から閑静な住宅地へと入り込み、やがて学校やその施設が多く点在する文教地区へと移った。地図のとおり十分余りも歩くと周囲を常緑樹に囲まれた市立公園に行きついた。図書館はその一隅にあり、赤褐色のレンガで飾られた三階建ての洒落た造りであった。

神村はふと立ち止まり、その付近を見渡した。そこには学生たちの姿があちこちに散らばっていた。神村は、午後の眩《まぶ》しい陽光を受けた彼らを見て、あの若者たちがこれからどんな人生を歩んでゆくのか分からぬが、少なくとも、ただ若く未来があるというだけでも自分より彼らの方が神に選ばれた存在のように思え、安穏とした笑顔に憎悪をおぼえるのだった。

神村は、気を取り直すと図書館へと入った。一階の受付で用件を伝え、二階にあるという新聞の閲覧室へ上った。この図書館ではM新聞しか置いていないが、終戦以降のものはすべて保存されているということだった。二階北側の壁一面の棚には、まるで電話帳のような縮刷版がぎっしりと並んでいた。受付で確認したところによると、三鷹市のニュースは〝武蔵野版〟に載っているということだった。紺野の小説の中に「ある秋の土曜日……」とあるので、神村は三十三年前の九月のファイルを探し出し、それを持ってテーブルに腰を据えると、さっそく九月一日の朝刊の武蔵野版のページを開いてみた。が、さすがに文字が小さかった。神村はジャケットの内ポケットから使い古しの老眼鏡を取り出し、あらためて紙面に目を落とした。しかし、九月分すべてに目を這《は》わせてもそれらしい記事は見当たらなかった。神村は、作品中に宮司の母親が「境内の落ち葉を掃き清めようと出てきて遺体に気づいた……」というくだりがあったことを思い出した。そこで彼は十月分のファイルを繰ってみた。境内の木々の葉が落ち始めるのは、十月頃からだと思ったからである。すると、実際に十月二十九日付の朝刊にこんな記事を発見した。それは「ホステス絞殺さる」という地味な見出しで記事も簡単なものだった。

『二十八日午前六時ごろ、三鷹市下連雀《しもれんじゃく》の天祖神社境内で、市内に住む飲食店従業員の女性が首を絞められて殺されているのを同神社の宮司が発見し、警察に通報した。三鷹南署の調べによると、女性は三鷹駅近くの飲食店に勤める三輪玲子さん（二一）と判明した。三輪さんは昨夜十二時ごろに勤め先を出ており、店から自宅へ帰る途中に何者かに襲われたものと思われる。三輪さんの着衣に乱れはなく財布なども奪われていなかった。同署で付近に不審者などの目撃情報がないか捜査している』

それは「空白の時間」の事件と酷似していた。神社も同一視して間違いなかろう。紺野は、これを基に書いたのだろうか。とりあえず、神村はこの事件の結末を追ってみることにした。しかし、翌日のページをめくったが続報は出ていなかった。それから半年先まで丹念に朝夕刊を目で追ったが、やはりない。事件解決どころかその件に関する情報は一切見当たらなかった。殺人事件とはいえ、この程度のニュースは続報など載らないのだろうか。それとも、いまだに未解決なのか……。神村は思案したが、どうしても事実を突き止めたかった。いや、突き止めねばならなかった。そのためには警察にあたるしかない。そう思った彼は、事件を担当した三鷹南警察署を訪ねることにした。

三鷹南署は、図書館の反対側で、中央線の線路を越えてそこからさらに徒歩で十分ほど南下したところにあった。神村は今度はタクシーを拾って警察へと向かった。彼の胸の中で、次第に好奇心に近いものが湧いていた。が、現実はそんな悠長な感情など許されない状況であった。とにかく真実を突き止めねば、と彼は気分を引き締めた。

警察の玄関を入った神村は、受付に座っている三十代の女性職員に「昔の事件について調べているのですが」と告げた。が、女は「何のために？」と突っ慳貪《けんどん》に問い返してきた。神村は、小説を書くための取材だと答えた。すると女は黙って奥へ姿を消し、しばらくすると一人の定年間近と思われる制服警官を連れて戻ってきた。

「どの事件のこと？」

警官はぎょろっとした目つきで神村の風体を見定めながら訊ねてきた。しかし、神村が三十三年前の下連雀の天祖神社での〝ホステス殺し〟だと伝えると、

「ああ、そんなのがあったねえ」

と、すぐに反応を返した。

「まだ解決していないんでしょうか」

「そうなんだよ。もう古い事件だけどね」

「どなたかその事件について詳しい方は……」

「それならクラさんしかいないなあ」

「その方は……」

「捜査の陣頭指揮を取った倉本という警部だよ」

「その方に会えませんか」

「クラさんは、もう十年ほど前に退職して今は東京にはいないよ」

「どちらに……」

「出身地の群馬県に帰ってるよ」

「群馬ですか……」

「四万《しま》温泉って知ってる？」

「はい、名前だけは」

「そこの旅館で働いてるよ」

「何ていう旅館か分かりますか」

「訪ねてみるの？」

「ええ」

「それなら今メモするから」

そう言って、警官は制服のポケットから手帳を取り出すと、それを見ながら倉本という元刑事が働いている旅館の名称と電話番号をメモ用紙に走り書きしてくれた。倉本はそこの旅館の帳場で客の応対や経理を担当しているとのことだった。警官たちも慰安旅行などで時折その旅館を利用し、いまだに情誼《じょうぎ》を温めているらしかった。

神村は警察署を出ると、ポケットから携帯電話を取り出し、さっそく教えられた旅館に連絡してみた。すぐにでも倉本から事件についての詳細情報を得たかった。が、むろん神村はその時点では用件などは言わず、一泊予定の予約を申し入れたのだった。電話に出たのは老齢の男性であったが、それが倉本かどうかは分からなかった。男は温厚な声で予約を快諾してくれた。ウィークデーということもあり、客もさほど多くはなさそうだった。

アパートに戻った神村は、さっそく押入れの奥からボストンバッグを取り出し、簡単な着替えなどをそれに詰めて旅の準備に取りかかった。それは最初で最後の賭けであった。もう彼には限られたわずかな時間しか残されていない。これで何の収穫も得られなければ前途を暗黒の巨岩で塞がれたも同然だった。もう一歩も未来に進むことなどできなくなる。しかし、他にどんな手立てが見出せるというのか。神村は、まるで神に魂を捧げるような覚悟で明日に期待をかけた。

そして翌朝、彼は上野駅へ向かって特急草津号に乗り込んだのだった。気持ちが焦っていた。一刻も早く倉本のいる四万温泉に飛んで行きたかった。が、草津号は特急とは名ばかりで、車体も急行当時の旧型車なら、しょっちゅう乗降客の影も疎《まば》らな鄙《ひな》びた駅にも停車し、神村をうんざりさせた。彼は貧乏ゆすりをし、小刻みに指先で肘掛けを叩き、とても車窓の風景など楽しむ余裕はなかった。

6

上野を発って二時間余り、電車は群馬県北西部の小駅中之条に停車した。そこからバスでさらに三十分ほど山間に入ったところに天下の名湯四万温泉はあった。その昔、平安時代中期にその地に野宿をした武将が、山の神霊のお告げによって湯脈に導かれたという四万温泉は、万病に効くとの噂で、それを目あての多くの観光客たちで賑わっている。四万温泉のバスの終点からしばらく旅館街の路地を抜け、清流を渡った静かな森の高台に元刑事・倉本源平の勤める「千歳館」はあった。旅館は明治初期に造られたという和風建築で、古びてはいるが格式のある豪壮な佇《たたず》まいを見せていた。

神村はチェックインを済ませると、さっそく目の前の老人に声をかけてみた。

「三鷹南警察署に勤務されていた倉本源平さんでしょうか」

倉本はカーディガンの上に旅館の名入りの印半纏《しるしばんてん》を羽織っていた。頭髪は薄く顔には老齢の皺が目立ったが、眼光は鋭かった。

「私、小説を書いている者ですが、三鷹南署で紹介されて参りました」

「はァ」

「三十三年前の下連雀でのホステス殺しの事件を取材しているのですが、お話を伺えないでしょうか」

「そうですが……」

神村がそう告げると、最初は驚いたような目で神村を見ていた倉本だが、すぐに「ええ、分かりました。帳場を閉めてからになりますが、後ほどお部屋の方へ伺いますので」と、しっかりした口調で聞き入れてくれた。

神村は女中に案内されて二階の〝白糸の間〟に落ち着いた。そこは窓を開けると目の前にエメラルドグリーンの清流が見下ろせ、その向こうの旅館街の背後に聳《そび》え立つ紅葉の山々も仰ぐことができた。神村は、ボストンバッグからスキットルを取り出すと、眼前の風景を眺めながらアパートで詰めてきた安い焼酎を喉に流し込んだ。顔にこそ出ないが、内心では緊張していた。倉本から何か有益な情報が得られるだろうか。紺野が突きつけてきた期限は明日だ。ここまできて収穫が得られなければ自分は……、と思うと、彼は断崖に立たされたような気分になった。あとは倉本の記憶に縋るしかない。神村にとって倉本は、最後の頼みの綱なのだった。神村は祈るような気持ちで倉本を待った。

が、倉本が現れるまでにはまだだいぶ時間がある。神村はどうしたものかと思案した。温泉場の午後は退屈である。かといって、旅館を出てのんびりと射的やスマートボールに興じる気分にもなれない。神村は、今の時間帯なら空いていると思い、とりあえず風呂場へと向かった。

この旅館の風呂は源泉かけ流しの総檜造りで、大人が五人も入れば窮屈なほどの長方形の浴槽が六ヵ所に掘ってあった。泉質は無色透明の食塩泉で肌にやさしいところから、強酸性で知られる草津温泉の仕上げ湯とも呼ばれているらしかった。神村は、誰もいない浴槽に手足をのばして浸かり、天井近くの横長の細い窓から見える紅葉と青空の融合した景色を眺め、久しく忘れていた人生の安らぎを存分に堪能したのだった。

部屋に戻り、しばらく地元テレビ局が流している昔懐かしいドラマなどを見ていると、夕食の膳が運ばれてきた。献立は主に山の幸であった。お定まりのマグロの刺身も形ばかり添えられていたが、イワナの塩焼きや山菜の天麩羅、それに上州牛のすき焼きなどに神村は舌鼓を打った。

夕食が済み、女中が膳を片付け終わった頃、それと入れ替わるように倉本が訪ねてきた。倉本は仕事から上がり、私服のジャンパー姿であった。

「お疲れのところ、勝手を申しまして済みません」

神村はあらためて慇懃《いんぎん》に挨拶した。そして倉本が座布団に腰を落ち着けるのを見計らって、例の事件を小説化するにあたり取材に歩いている、と説明した。むろん、それは方便なのだが、

「あの事件なら今でもよく憶えていますよ」

と倉本は何の疑いもなく応じてくれた。

「なにしろ私が扱った殺人事件の中で唯一の未解決事件なんです」

「ほォ、そうでしたか」

「殺人事件の時効制度は撤廃されたわけですから、小説で発表してもらうことで万が一にも事件が解決して犯人検挙につながるなら知っていることは何でも話しますよ」

倉本は一気に喋った。そこには積年の執念が現れていた。

「有難うございます」

神村は用意していたメモ帳を開いて構えた。が、それは取材と見せかけたポーズでしかない。

「女性は自分の巻いていたスカーフで首を絞められたのですね」

「いえ。誰かそんなことを言いましたか」

「あ、いえ……」

紺野の作品ではスカーフで絞められたことになっている。が、倉本はそれをきっぱりと否定した。

「あれは犯人が自分の手で直接絞めたんです。舌骨も折られていましたし、ご遺体を解剖した法医学の先生もそう断定しました。ただ、手袋でも嵌めていたのか指紋は検出されなかったのですが」

神村は思惑が外れ、落胆した。

「強姦目的の流しの犯行とも思いましたが、一応、その付近の男性の住んでいる家も片っ端からあたりましたが、容疑者と思われる人物は一人も浮上しませんでした」

「店の常連客は調べなかったのですか」

「もちろん調べました。あの晩、店に顔を出した客たちにもあたりましたが全員シロでした」

「閉店後、一緒に帰った客はいなかったのですか」

「いいえ。店のママが言うには、害者はいつものように一人で帰ったそうです」

それも小説とは違った。神村はまたも愕然《がくぜん》となった。紺野の嘲笑が聞こえてくるようだった。

あの作品は、紺野が身近な事件に材を取って創作した純粋なフィクションなのだろうか。そうだとすると神村は紺野の命令に従うしかないのだ。そう思うと、神村は目の前が急に暗くなった。

「強姦目的でもない、物盗りでもないということで怨恨の線も洗いましたが、彼女にはつき合っている男もいませんし、誰に聞いても優しい素直な性格だったというのでそういう可能性も考えられませんでした」

「はァ」

「残るは異常者ですが、そういう人間は似たような事件を繰り返し起こすものですが、三鷹市内、その周辺、いや東京都内のそれらしき事案を虱潰しにあたりましたが、その当時それらしい事件は一件も報告されていませんでした」

「はァ」

「頭を抱えましたよ」

「酔っ払いの発作的な犯行というのは考えられませんか」

神村の聞きたかったのはこれである。「空白の時間」の主人公島崎は、これで不安に苛まれた

ことになっている。それは不安でなく現実で、島崎イコール紺野とは考えられないか。神村はその可能性に期待をかけた。しかし、

「それももちろん考えはしましたが、酔っ払いなら現場近くの人間ということになりますが、あの付近にはそんなタチの悪い酒飲みの噂がある男は浮上してきませんでした。みんな大人しい真面目なサラリーマンばかりで……」

「大人しいサラリーマンでも泥酔したら人が変わりますけどねえ」

島崎一夫がそうであった。が、

「そりゃあそうですが……なにしろ目撃証言もなければ女性の悲鳴を聞いたという人間もいない。被害者にとってはほんとに運の悪い事件としか言いようがありません」

そう言うと、倉本は腕組みをして深い溜息を洩らした。それからがらりと声音を変え、しんみりと語り始めた。

「被害者の女の子はかわいそうな娘でしてねえ」

「はァ」

「彼女は一人娘で父親は青森の貧しい漁師だったたんですけど、その両親がサラ金に大きな借金を作って逃げましてね。あの子はまだ小学生だったけど置き去りにされたのです」

「はァ」

「それからお婆ちゃんに育てられたわけだけど、借金取りは祖母の家にも押しかけてきて矢の催促です。それで彼女は中学を出るとすぐに東京に出てきて料理屋に住み込んで祖母に仕送りをし

ていたんですが、それでも利息くらいしか払えなくてとうとう崖から飛び降りるような思いでホステスにまで身を落としたってことです」

「彼女が亡くなって、親御さんは現れたんですか」

「いいえ。行方知らずのままです。両親も生きているのか死んでいるのか……」

「気の毒な女性だったんですね」

「ええ。ほんとに」

　神村は頷きながら倉本の話に耳を傾けていたが、その実、少しも気持ちは入っていなかった。女性は哀れだとは思うが、自分が現在直面している問題の打開策とは無関係な話であった。どうやら倉本から新事実を得るのは不可能のようだった。そう思い、神村は無念の涙を呑む思いで取材を切り上げることにした。唯一の望みにも見放されたのである。

「どうも、夜遅くまで有難うございました」

「あ、いえ。私の知っているのはこんなところで……」

　倉本はそう言って腰を上げ、ドアに向かった。

「もっと何かお役に立てればよかったんですが」

「いえ、充分です。東京へ帰ったら、さっそく書き始めるつもりです」

「ぜひ、そうして下さい。期待しています」

「有難うございます」

　神村は深々と頭を下げた。が、ドアを閉めて部屋に戻ると、その場に膝を落として両手をついた。絶望感に襲われた。生原稿を返せば他には何も要求しない、と紺野は言ったが、そんなわけはない。それは原稿が欲しいがための虚言に過ぎないのだ。俺の夢にまで見た作家としての将来は、これで閉ざされたのだ。俺が表立って作家としての活動を開始すれば紺野は間違いなく盗作をバラすだろう。畜生！　俺の未来は……作家どころかホームレスへの転落の一途を辿るのだ
——

神村はスキットルに残った酒を荒々しく飲み干した。

その時、バッグの中の携帯が鳴った。神村は思わずバッグに目をやった。

——いったい誰だろう。アルバイトを辞めた今、俺に電話を掛けてくる奴などいないはずなのに
……

神村は携帯を摑み出して発信番号を見た。相手も携帯だが、全く見おぼえのない数字が並んでいた。紺野か？　いや、あいつが俺の番号など知っているはずがない。そう思いながらも、取りあえず神村は画面をタップしてみた。そして耳に当てた。

「もしもし、神村さんですか？」

その声は倉本であった。

「はい」

「私、今、家へ帰る途中なんですがね」

「はァ」

「旅館に電話して神村さんの携帯番号を教えてもらったんですよ」

「はァ」

「取材のお役に立つかどうか分からないんですが、一つ思い出したことがありましてね」

「はァ」

神村は期待のない声で応えた。

「これは捜査上の秘密としてどこのマスコミにも発表しなかったことなんですがね」

「ええ」

「だから私ら一部の捜査員と犯人しか知らないことなんだが……」

「はい」

神村は先を促すように声を高めた。

「犯人は女のイヤリングを奪った可能性があるんですよ」

「イヤリング?」

「赤いサンゴのイヤリングです」

「赤いサンゴ……ですか?」

「殺された娘の片方のイヤリングがどうしても見つからなかったんです。騒がれ抵抗されて犯人が首を絞めた時に落ちたものと思われますが、それこそ店から現場までの道を草の根分けて丹念に調べましたが、どうしても見つからなかったんです。犯人が指紋検出を恐れて持ち去ったんでしょうなあ」

「――!」

神村は僥倖《ぎょうこう》を得たような喜びに言葉を失った。それは自分の勘が的中したと確信した瞬間だった。倉本のその一言で、彼は断崖からの転落を免れたのだ。紺野の「空白の時間」の中には赤いサンゴのイヤリングが登場する。それこそ動かぬ証拠である。犯人でなければ知りえない、いわば秘密の暴露だ。やはり自分の睨んだ通り、紺野が犯人だったのだ。「空白の時間」は自らの殺人体験を素材にして描いた作品だったのだ。主人公の心情が真に迫っているのは当たり前である。しかし、それを発表すれば自分に嫌疑がかかる。いや、身の破滅だ。そこでやむなく応募を断念し、古新聞に挟んで原稿を処分したのだ――

神村の推理は、もはや確定的なものとなった。

その夜、神村はなかなか寝つかれなかった。布団の中で息をひそめ、あれこれと思案し、迷った。しかし結局は、明日の晩に自分が果たすべき行動を頭の中で組み立てたのである。そして決断したのだった。

翌日の昼前、倉本に丁寧に礼を述べて旅館を後にした神村は、一路、帰京の途についた。来る時とは違って歩調も堂々としていた。前途を塞いでいたと思った巨岩が砕けて急に展望が開けたような思いであった。そればかりではない。神村としては、紺野の弱みを握って自らの保身を得るのが目的であったが、倉本の言葉で真実を知らされ気持ちが変わったのである。殺人を犯すような男だ。どんなきっかけでいつの日か自分を陥れないとも限らない。そんな不安を抱えていては小説など書くのは無理だ。ここは断固として決着をつけなければ――。彼の決意には一寸の迷いもなかった。

　東京に戻った神村は、そのままアパートへは帰らず、新宿駅東口の地下商店街を歩きまわりナイフ専門店で登山ナイフを一本購入し、駅ビル内のデパートで革手袋を一組買い求め、昨夜から何度も思考をめぐらした今夜の行動を反芻《はんすう》したのである。そしてアパートに辿りつくと、彼は何の躊躇《ちゅうちょ》もなく「空白の時間」の生原稿を茶封筒に納めたのだった。もう何の不安もなかった。紺野は自分にとって今や恐怖の存在でも何でもない。あとは自分の未来を信じて計画を実行するだけだ。彼はそう自分に言い聞かせた。そうしているうちに夜が訪れ、彼は紺野のやってくる例のジャズ・バーへと向かったのだった。

7

　アパートを一歩出ると、仲秋の冷気がきびしかった。この時期は朝夕と昼間の寒暖差が激しい。昼間はシャツ一枚でも充分なのに夜はジャケットが必要だ。紺野のようなサラリーマンが羨ましかった。上着一枚で寒暖を調節できるのだから、サラリーマンの制服はまったく便利である。しかし、その紺野も今夜限りでスーツとはお別れなのだ。明日の朝、奴がスーツに袖を通すことはない……。そんなことを考えながら、神村はさらに自らの意気に発破をかけた。

　神村がバーに入ると、紺野の姿はまだなかった。間もなく午後八時である。

「瓶ビールにグラス二つ」

「かしこまりました」

神村はカウンターの中にいる若いバーテンに告げると、今日はカウンターから最も離れたテーブル席に陣取った。今夜も客の姿はまだない。

バーテンがビールを運んでくる。彼が去ると、神村は片方のグラスにビールを注ぎ、旨《うま》そうに一気に呷った。そこへドアが開き、疲れたスーツ姿の紺野が顔を見せた。時間通りである。紺野は黙って神村の向かいの椅子に腰を下ろした。その紺野の前にグラスを置くと、神村はビールを注いだ。

「まずは飲みなさいよ」

神村が言うが、紺野はそれを無視して、

「例のものは持ってきてくれたろうな」

と、きびしい表情で神村に迫った。

「『空白の時間』はあんたの作品だ。それは認めるよ」

「三日間考えて、ついに観念したってわけか」

ようやく紺野はグラスを摑んだ。だが、

「あんたは現実にもホステスを殺している」

神村が言うと、紺野のグラスを持つ手が止まった。

「そんな馬鹿なことがあるわけ……」

言いかけたが、神村は言葉をつづけた。

「あの中に赤いサンゴのイヤリングが出てくるね」

「それがどうした」

「あの小道具であんたは墓穴を掘ったんだよ」

「……」

「あれは犯人でしか知り得ない物的証拠なんだよ」

「そんなこと、どうして言い切れる」

「あの事件の担当刑事に会ってきたよ」

「……」

「あのイヤリングのことを知っているのは犯人と警察だけだってさ」

「……」

「殺人事件に時効はない。あの事件が明るみに出ればあんたは殺人犯だ。自分はもちろん、家族全員が破滅だ」

「……」

神村は、おもむろに茶封筒から原稿を取り出してテーブルの上に置いた。刹那、それに手を伸ばそうとする紺野を彼は制した。

「待てよ。まだこれはあんたのものじゃない」

「なんだと?」

「まあいいから、落ち着いてビールでも飲めよ」

そう言いながら自分も一口飲んだ。それとは逆に、紺野はグラスをテーブルに戻した。

「この原稿は手書きだし、あんたの署名もしてある。これを書いたのがあんただってことは筆跡鑑定をすれば簡単に分かることだ」

「……」

「あんたの一番恐れていたのは、それなんだな」

「……」

「傑作のはずだよ、現実の事件を基に書いているんだからな。だけど、これを発表すれば自分が犯人だと疑われる。それでやむなくあんたは応募を断念したんだ」

「……」

「傑作を書くためなら自分の秘密も暴露する。その作家根性は理解できるよ」

「その秘密をあんたは盗んだんだ」

「そういうこと」

「それがバレたらあんたの作家としての未来は閉ざされるぜ」

「そういうことだ。すべてはこの生原稿が知っている」

紺野は生原稿を見つめた。

「だから、取引をしよう」

紺野の目が神村に移った。

「殺人事件に目をつむる代わりに盗作の件も口をつぐむ……悪い取引じゃないだろう」

「……」

「だが俺も物書きのはしくれだ。好奇心は自分でも抑えられない」

「どういう意味だ」

「何もかも話してもらおうか。でないと、この生原稿を渡すわけにはいかない」

神村としても、事件の真相はどうしても聞いておきたかった。それをしないと片手落ちのような気がした。

「喋らんのなら、この原稿は警察に持って行くぜ」

「そんなことしたら、自分はどうなる」

「俺は何もかも腹を括《くく》ったよ」

「……分かった……話すよ……話せば原稿は返すんだな？」

「ああ」

神村がそう応えると、紺野は生ぬるいビールを一息に飲み干し、おもむろに事件について吐露し始めた。

——あの晩、泥酔した紺野は、深夜十二時過ぎに三鷹駅を降り、自宅へと千鳥足で向かった。その途中、薄暗い道でずっと自分の前を若い女が歩いていることに気づいた。女とは一定の間隔を空けて歩いていたが、神社に近づいたところで足を速め、鳥居の前で女に追いつくと酔った勢いで「ねえ」と声をかけた。驚いたように振り返った女を見ると、見覚えのない顔だったが、かなりの美人であった。紺野は女の店へは一度も行ったことはなかったが、女の化粧や服装から水商売だとすぐに察しがついた。彼は酔っていて自制がきかず女に言い寄った。ちょっとつき合ってよ、と。すると女は、その美しい顔に笑みを浮かべた。これは脈があると紺野の胸は高鳴った。ところが女は「つき合ってあげてもいいけど、あんた、いくら持ってンの？」と化けの皮を剝がしてきた。騙された、という思いが紺野を襲った。刹那、憤怒《ふんど》した紺野は女の顔を思いきり殴っていた。その拍子に女は神社の境内に倒れ込んだが、さらに「テメエ、その顔でタダで女が抱けると思ってンのかよ。金のねえ男なんかに用はねえんだよ。この貧乏サラリーマンが！」と口汚く罵ってきた。その豹変《ひょうへん》ぶりは完全に紺野から理性を奪った。紺野は我を忘れて女に馬乗りになると、ポケットから手早くハンカチを取り出し、それを女の首に巻いてその首を絞めた。が、むろん無我夢中のことで明確な殺意などあったわけではない。しかし、気がつくと女は死んでいた。一瞬、とんでもないことをしてしまったという後悔のようなもので身が固まった。すると、その紺野の目に女の片方のイヤリングが映った。首を絞めた際に地面に落ちたのだ。紺野はその赤いサンゴのイヤリングに自分の指紋が付着していると思い、咄嗟《とっさ》にハンカチにくるんでポケットに隠した。それから神社の周囲を見渡したが、誰も人影はなかった。それを確認すると、紺野は急いで自宅へと走って逃げ込んだ。それから遺体が発見された翌日の心境はほぼ小説の通りである。刑事が聞き込みにくると思った紺野は、その日は電気も点けずに留守を装った。刑事がきたようだったが、息をひそめた。その後、刑事が訪ねてくることはなく、日が経つにつれて世間では流しの仕業だろうとの声が高くなり、警察の捜査も下火になった。そうしていつか事件は次第に風化し、三十三年が経ったのだった……。

話し終えると、紺野はグラスにビールを注ぎ、荒い息でまた一気に呷った。

「なるほどな」

「なるほどとは何だ」

「いや、殺人なんて呆気ないもんだと思ったのさ。でも、真実が分かってこっちも溜飲が下がった思いだよ。約束通り、この原稿は返すぜ」

神村は紺野の前に生原稿を投げるように置いた。紺野はそれを摑んでブリーフケースに押し込んだ。

「しかし……」

神村が言った。

「なんだ」

「あんたは殺意はなかったと言うが、だったらなぜ指紋を隠したんだ」

「それは……つまり……何しろ酔っていたから記憶にないんだ」

「殺意はあったんだよ。少なくとも裁判ではそういうことになるぜ」

「……」

「ま、いいさ、気を取り直して最後の乾杯といこうじゃないか」

「何に乾杯するというんだ」

「お互いの和解。それと未来にさ」

殺人事件に目をつむる代わりに盗作の件も口をつぐむ。二人はその結論をあらためて確認し合った。これで神村の作家として日の目を見なかった三十年余り、そして紺野の殺人者として怯えて暮らした三十年余り、――その影のように生きてきた二人の長い年月に終わりの時が訪れたのである。息苦しいほどの空白の時間にようやく終止符が打たれたのだった。

紺野は形ばかりの乾杯を終えると、ブリーフケースを抱えて足早に店を出て行った。それを見届けた神村は、ゆっくりと店を後にし、駅前へと向かった。そして行列しているタクシーの一台に乗り込んだ。

「三鷹まで」

「はい」

タクシーを飛ばせば三鷹までは二、三十分ほどで到着する。そこで最後の仕上げをするのだ。神村は、ジャケットの内ポケットに手を忍ばせた。

8

翌朝、紺野國太郎の刺殺死体が三鷹市の天祖神社の境内に横たわっていた。宮司一家にとっては二度目の災難であった。紺野の死体の傍らには彼のブリーフケースが落ちていたが、そこには会社の書類がわずかに入っているだけだった。携帯電話や財布などの貴重品も盗まれてはいなかった。その事件は、昼のテレビニュースでも全国ネットで報じられた。天祖神社の境内や三鷹南署の外観の映像を背景に女性アナウンサーが原稿を読んだ。

「――今朝早く東京都三鷹市の神社の境内で男性が倒れているのを神社の宮司が発見し、警察に届けました。この男性は近くに住む会社員の紺野國太郎さん五十七歳で、すでに死亡しているのが確認されました。三鷹南署の調べによると、紺野さんの死亡推定時刻は昨夜の九時から十一時頃で、紺野さんの死因は登山ナイフのような鋭利な刃物で心臓を一突きにされたことによる失血死とみられています……」

そしてその後に紺野の簡単なプロフィールなどがつづいた。それによると、紺野は実直なサラリーマンで、他人から怨みを買うような人物ではなかった。若い頃に両親が相次いで病死し、以来、結婚もせず独り暮らしをしながら趣味の小説を書いていたという。警察では、貴重品が盗まれていないところなどから通り魔による無差別殺人も視野に入れて捜査している。なお、現場の神社では三十三年前にも殺人事件が起きているが、現在も未解決のままだ、ということだった。

そのニュースを、四万温泉の元刑事・倉本源平も見ていた。彼は昨夜、自宅のパソコンで〝神村修司〟を検索し、どんな作家なのかほんの興味本位で調べた。そこで「文芸界新人賞」を得た人物であることを知ったのだった。倉本の自宅は電車の停車駅のある中之条である。四万温泉へは車で二、三十分かけて通っている。彼は今朝、家から旅館へ出向く際に町の書店に立ち寄り、神村への好奇心から文芸界を買い求めてきたのだった。受賞作の「空白の時間」は、仕事の手の空いている昼前に帳場の椅子に座って一時間足らずで読み終えた。本を閉じると、彼はいっとき考え込んだ。神村某の取材とは何だったのか、と。取材するまでもなく、そこには例の事件を彷彿《ほうふつ》とさせる内容が――、いや、犯人でしか知り得ない真実が書かれているではないか。あの男はいったい何のためにはるばる自分を訪ねてきたのか。その理由がどうしても分からなかった。しかし、一つはっきりしていることは、神村が限りなく〝ホステス殺害事件〟の犯人に近いということだった。そればかりでなく今回の紺野國太郎殺害にも何かしら関与している可能性がある、ということだ。それは長年刑事を務めてきた男の勘だった。

倉本は、しばらく目を細めてテレビ画面を眺めていたが、途端に鋭い目つきになると、宿帳を繰って神村の住所や電話番号が記されているページを開いた。そして机上の電話を摑むと慣れた指の動きでダイヤルボタンを押したのである。相手は三鷹南署の元部下であった。

その頃、神村は資源ゴミとして古新聞をアパート前の集積所に出したところだった。その中には「空白の時間」の生原稿も挟まれている。ただし、今回は紺野のような轍《てつ》を踏まぬよう雁字搦《がんじがら》めにビニール紐で縛った。殺人事件の犯人を知っている原稿だが、神村にとっても他者に見られては困る立派な証拠品なのだ。しかし紺野亡き今、この生原稿さえ葬れば彼の未来に何の障害もない。彼の作家としての未来に恐れるものなど何もないのである。それにしても、と神村は思った。紺野という男も哀れな奴だ。若い頃のたった一度の深酒で人生を棒に振ったのだから。考えてみれば俺よりも不運な男かも知れない。俺よりもずっと小説の才能はあったかも知れないのにそれも報われることもなく終わったのだ。まさか作品中に登場する妻子が架空の人物とは夢にも思わなかった。そのまことしやかな存在感に奴の非凡さを感じるし、それは奴の思い描いていた理想の家族だったのかも知れない。いずれにせよ、奴も俺と同じように孤独な人生を生きていたのだ。しかし、今の俺は違う。これで今書いている新作が認められれば俺も晴れて新人作家の仲間入りだ。かなり薹《とう》の立った新人だが、作家の寿命は長い。まだ二、三十年は書けるだろう。これからはさらに精力的に書きまくって新人賞などよりももっと価値のある文学賞を狙おう。部屋も引っ越さなければならない。いつまでも、こんなおんぼろアパート住まいでは作家の名が泣く。これからは生まれ変わって豪勢な独身貴族を楽しむのだ。そして今まで得られなかった人生の醍《だい》醐《ご》味《み》を存分に味わってやるのだ。わずかな退職金に泣きながら、女房の尻に敷かれている青菜に塩の定年サラリーマンなど嘲笑ってやる——

神村は一人気炎を吐いた。そんなところへ一台のトラックが近づいてきた。いつも、ここのゴミ収集車は遅いのだった。だが、神村の古新聞の束は確実に収集車の荷台の中へと消えたのである。この世から証拠は抹殺されたのだ。完全に抹殺されたのだ。ようやく彼は安堵の溜息を洩らした。神村は、遠ざかってゆくトラックを見送った。その心中はすこぶる晴れやかであった……。

殉
じゅん
愛
あい

1

早春の雪が降っていた。朝のうちは霙《みぞれ》だったが、今は牡丹雪《ぼたんゆき》へと変わっている。夜までには十センチは積もるだろうという予報である。今季最後のなごり雪となるだろうとのことだ。線路の敷石も水分を吸い込んで鈍色《にびいろ》に変色し、ホームを歩く乗客たちの手にも濡れた雨傘が握られている。

私の行く先は赤羽だが、あえて池袋で下車した。埼京線下り4番線ホーム。降車客の波が引き、走り去ってゆく電車の影が消えると、私は線路に向かって合掌しながら酒を撒《ま》いた。スキットルに詰めてきたバーボンを空になるまで鉄路に浴びせかけた。アイツはいつも〝トリス〟のポケット瓶を持ち歩いていた。しかし、それは懐が寂しかったからだろう。私も日頃はバーボンの中でも安価な〝ジムビーム〟を飲んでいるが、今日は奮発して〝ブラントンゴールド〟を持参した。私にとっても、これが最後の酒になるのだから。――

四十一年前、私の立っている4番線ホームには、赤羽線《あかばねせん》といううくすんだ黄色い車体の車輛が走っていた。赤羽と池袋とを結んでいるマイナーなイメージの電車だった。そこに十八歳のアイツは身を投げたのだ。北原暁《あきら》。凄《すご》い奴だった。同い年ではあったが、友人というよりは憧れの存在だった。私にとって北原は、冬の夜空に燦然《さんぜん》と輝くベテルギウスのように眩しい男だった。その彼への謝罪と鎮魂のために、私は今日、この駅に途中下車したのである。

私は北原の死から十年余りの後、脚本家となった。それからの三十年は映画やテレビドラマの執筆に追われる日々がつづいた。フィクションを創ることは私の心を喜びで沸かしてくれたが、その喜びを共有してくれる女はついに現れなかった。いつも孤独が本来味わうべき幸福感を半減させていた。結局、私にとって唯一最良の伴侶と呼べるものは、仕事の後に独り楽しむバーボンだけなのかも知れなかった。しかし、そんな生活にも終止符を打たねばならぬ事態が訪れたのである。還暦間近にきて、私は人生最後の孤独な作業に踏み込まざるを得なくなった。それは罪を犯した私に神が与えた当然の報いなのかも知れない。——私の行く先は、赤羽などではない。それよりもずっとはるか先である。道路地図にも描かれていないずっとはるか彼方の人跡未踏の山奥だった。しかし、そこへ旅立つ前に池袋駅に降り立ち、北原の十八年間の生涯に思いを馳せ、別れを告げたかったのだ。確かに、彼に対して怨みの念を燃やした時期もあった。しかし、その炎はいつの間にか消えている。むしろ、今の私は彼の生きざまを崇《あが》めてさえいるのである。

私が彼について知っていることは、彼と過ごした短期間に見聞きしたわずかな事柄を除けば、彼の事件後にテレビニュースやワイドショー、新聞、週刊誌などから得た大雑把な情報だけである。が、それで充分だった。それだけでも彼の苦悩が私には理解できるような気がするのである。そして、罪を償うべき私の胸を天誅《てんちゅう》という鋭い刃が存分に抉《えぐ》ってくれると信じているのだ。

私は、ようやくプラスチック製のベンチに腰を下ろすと、白く染まりつつある雪景色の向こうに遠い過去を追いかけた……。

2

私と北原は、群馬県北西部のNという盆地町の中学の同級生だった。三年生も後半の、高校入試の模擬試験の結果が渡された日、北原は私に声をかけてきた。

「おい森川、お前、何番だった」

「何とかS高には行けそうだけど、お前みたいにトップっていうわけにはいかないよ」

私は気弱な声で答えた。私と北原はともに志望校は同じであったが、その順位にはかなりの差があった。

「高校なんて予備校だと思えばいいんだよ。入ってから頑張れば何とかなるさ」

北原は、そう言って私を励ましてくれた。

私は彼が羨ましかった。彼は常に学年でトップの成績だった。私たちの志望校のS高校はS市にある男子校で、我々の住むN町からは電車で三十分ほど東京寄りにあった。県下で最高峰の進学校であったが、彼の模試の順位はそこでもトップクラスだった。彼の学力は、日本のどんな大学にも悠々と合格できるレベルであった。

学力だけでなく、彼は二枚目でもあった。上背も同級生の中では群を抜いていて、中学三年生ですでに百八十センチ近くあった。体格の良い彼はスポーツも万能で、秋の体育祭では走り高跳びで最後まで一人残り、全校生徒が喉を嗄《か》らして声援を送る中、夕日に染まった校庭で百七十センチのバーをクリアしたこともあった。優れているのは身体能力だけでなく、彼は絶対音感も有していた。たとえば、授業中にカラスが瓦の屋根に小石を落としたりすると、「あ、あれはショパンの幻想即興曲のピアノの第二音目の音だ」と呟いて皆を驚かせた。また、彼はブラスバンド部でトロンボーンを吹いていたが、ブラスバンド部では毎日その日の「ド」の音を全体で合わせる。ドはその日によって微妙に違い、教師とクラリネット担当の生徒がドを決めるが、北原だけは、前日のドを記憶していて一人だけ違う音を出す。教師に叱責されるが「昨日のドはこの音でした」と言い張り「生意気言うな！」と怒鳴られたりした。彼の音感の方が教師よりも勝っていたのである。しかし、彼の芸術的才能は音楽だけに限らなかった。やはり中学三年の時だったが、彼は県が主催する中学生絵画コンクールで、県下で一人にしか与えられない金賞を射止めたのである。その選評は地元紙にも載り、〝ゴッホにもセザンヌにもない独特の色彩感覚に溢れている〟と選者に絶賛されたものだ。彼の作品は、盆地町の家並みを取り囲むローズマダーに染まった秋の山岳風景で、それは他の中学生の作品に比してひときわ異彩を放っていたものである。

そんな彼と同じ高校に入学できたのは、私にとって誇らしいことだった。が、入学するなり私と北原は別々のクラスに分けられた。北原は最も優等のA組。私はE組であった。私にとって彼はますます雲の上の存在となったのである。

ところが、入学直後、北原は二つの不運に見舞われたのである。

私の父親は平凡な町役場の職員だったが、北原の父親は町の山間部にある鉱山の現場監督を務めていた。その父親が発破による落盤事故に遭って岩石の下敷きとなり、死亡したのである。北原は私と同じく一人息子だったので、彼は母親と二人だけとなった。

北原の母親の佳代子《かよこ》は、当時まだ四十前だったが、父親が健在であった頃からN町の住宅地の外れにある自宅の一階で「かたばみ」という小さな飲み屋をやっていた。しかし、田舎の交通手段はほとんどがマイカーである。そんな事情もあり、家で酒を飲む者が多く、店を訪れる客など滅多にいなかった。経営は完全に火の車であった。そこに父親の事故が重なったのだ。父親の会社からは退職金やわずかばかりの弔慰金も支払われたが、それも店を改装した時の借金で霧散してしまった。それで母親は金欲しさに店の客と寝るようになったのである。店の二階に二間あり、片方は北原の部屋だったが、その薄い壁を隔てた隣室に母親は男たちを連れ込んだ。壁の向こうから母親と男たちの淫らな声が響いてくる。実の母親が喘《あえ》ぎながら卑猥《ひわい》な言葉まで発している。それは思春期で誰よりも感受性の鋭敏な彼には耐えがたい状況であったにちがいない。

母親の穢《けが》れた行為は金のためではあったが、けれども彼女の視野に北原の大学進学やその先の将来のことなどは露《つゆ》ほどもなかった。北原の高校進学の際も、地元のレベルの低い高校の定時制に行き、昼間は働いて家に金を入れるよう強く命じた女である。教育にも無関心なら、一人息子や夫への愛情さえも稀薄《きはく》な自堕落な女であった。父親の死は、少なくとも北原から大学進学の望みを奪い去ったのである。

もう一つの不運は、担任教師の井田岳彦に睨《にら》まれたことだった。

井田は美術教師だったが、入学して最初の授業が写生であった。クラス全員がスケッチブックを持って教室から消えた後、北原だけが席に残って弁当を食べていた。四時限目だから誰もが腹が減っていたのだが、彼は要領が悪かったのだ。大方の者が弁当やパンを密かに持って出ていたのに、彼一人が教室に残った。そこへ井田が現れ、激怒したのである。

井田は三十代半ばであったが、高校教師の傍ら、いまだに鬼気迫る形相でカンバスに向かい一流画家への夢に燃えていた。そんな井田にとって北原の行為は、美術に対する冒瀆《ぼうとく》であり、自分自身の夢を愚弄している存在として映ったのかも知れない。確かに北原にも非はあった。中学時代に金賞を得たという驕《おご》りもなかったとは言えない。北原は反省し、それからは真剣に絵筆を握った。もともと彼も画家志望だったのである。しかし井田は許さなかった。北原がクラスの誰よりも優れた絵を描いて提出しても、井田は北原の美術の通信簿に「1」しか与えなかった。

「お前にはこの先ずっと〝1〟しかやらないからな」

と宣告までした。実際、高校生活の最後まで北原の美術の成績はオール「1」であった。

我々の高校は、オール「2」ならば進級も卒業もできるが、「1」が一科目でもあると三年間真面目に通っても留年か退学なのだった。つまり、井田が転勤でもしない限り、どんなに頑張っても北原は卒業できないことが決定づけられたのである。

それからの北原は、まるで鎖《くさり》という縛りを失った野良犬のように気儘《きまま》に遊び歩くようになった。卒業もできなければ大学進学の夢も断たれたのだから、勉強しようという意欲も湧くはずがなかった。彼の足は次第に学校から離れていった。朝は家を出て電車に乗るのだが、高校のあるS市までくると他の生徒とは方向を変え、一人、学校で禁じられている成人映画を観たり、パチンコ屋に入り浸ったり、また、学校近くのおでん屋の二階で昼間から酒を浴びたりした。完全に彼は、自分を見失っていた。

高校二年に進級しても、彼の素行は変わらなかった。すると、進学校のたった一人の不良ということで、レベルの低い私立高校のヤクザ学生たちから狙われるようになった。しかし、北原は喧嘩では負けなかった。相手が五、六人なら殴り倒した。それが噂になり、彼を倒そうと県内各地からワルが集まってきた。学校の帰り道では頻繁に待ち伏せされていた。そればかりか、学校の事務室にまで果し合いの電話がかかってくることもあった。ある時など次から次へと電話が重なり、三十人ほどを相手に戦ったこともある。むろん、勝てるはずがない。彼の端正なマスクは、まるでお岩のように赤黒く腫れあがったものだ。

そうして喧嘩ばかりしているうちに、警察からも目をつけられるようになった。高校二年のある下校時、彼は三十歳前後の男二人に尾行されたことがあった。その顔に見覚えはないが、自分を狙っている連中にちがいないと思い、人気のない路地におびき寄せて角を曲がったところで待ち伏せた。そしてやってきた二人に、

「何だ、お前ら」と迫ると、片方の男が警察手帳を出した。二人は県警の刑事だった。北原のことは一年ほど前から尾行し、その行動はすべて記録してあるというのだった。それは北原が県下の高校生の中でもブラックリスト・ナンバーワンだからだというのだ。それがまた噂になり、ナンバーワンを倒して名を上げようと、さらに県内各地の喧嘩自慢たちが集結してくるのだった。

そんな彼にも数人の子分がいた。といっても、彼らは北原と遊ぶことなどない勤勉な高校生たちであった。では、なぜ子分になったのか。それは自分たちがヤクザ学生に脅された際に北原に

守って貰うためであった。その見返りに、彼らは毎月三千円を北原に上納していた。喧嘩が日常茶飯事となっている北原にとっては、遊興費を稼げるので損のない話であった。彼は親を頼らずに悠々と遊ぶことができたのである。しかし、相手はヤクザ学生ばかりとは限らなかった。

ある下校時、子分のうちの一人が、S市を拠点としている暴力団の下っ端組員に因縁をつけられ、半死半生の目に遭わされたのだった。それに憤激した北原は、暴力団事務所にドス一本振り上げて怒号を発しながら殴り込んだのである。奥から飛び出してきた組員たちに向かってドスを振り回して暴れたが、しかし、その後の記憶がないというのだった。あまりの恐怖と緊張が、彼を一時的な記憶喪失状態に陥らせたらしい。が、どういう事の成り行きなのか、北原は組員たちに気に入られ、翌日から全身刺青だらけの男たちと朝から一緒に銭湯へ通うようになった。彼は組員に混じり、パチンコ屋へもナイトクラブへも行動を共にするようになった。そんな彼の姿を見て、さすがに私立のヤクザ学生たちも彼に手を出さなくなったのだった。

3

やがて北原も三年に進級した。

彼が高梨由樹《ゆき》と出会ったのは、S高の秋の文化祭の初日のことだった。私の所属していた文芸部では、部室に小説や脚本を収めた同人誌や著名な作家の写真などを展示したり、また、クイズのコーナーを設け、名作の冒頭の部分だけを手書きし、その作品のタイトルと作者名を問題にし

たりした。その一つを目にした北原が、

「国境の長いトンネルを抜けると雪国であった？……おい、小学生のテストじゃないんだから、もっとレベルを上げろよ。S高の名が泣くぜ」

と、部員たちをからかった。

そんなところへ入ってきたのが高梨由樹だった。彼女は同じS市にあるS女子高の三年生だったが、私はその華やかな雰囲気に目を瞠《みは》った。背丈は人並みだが、肌が驚くほど白く二重瞼の瞳がくっきりとしていた。その上、ミニスカートのよく似合うコケティッシュな体形をしており、私はその姿に陶然とさせられた。完全に彼女に一目惚れしてしまったのである。だが、由樹が惹かれたのは私ではなく、北原であった。由樹は満面に笑みを浮かべて北原に話しかけ始めた。それは惚れた女の眼差しだった。私は即座に〝負けた〟と悟った。北原に勝つことなど無理だ、という弱気が私の気分を萎えさせた。北原に惚れた女をこちらに振り向かせるほどの魅力など私にはない。しかし、それからも私の中で由樹への興味が消えることはなかった。

そんな私の耳に、彼女と同じ中学校出身の文芸部の同級生からいくつかの情報が入ってきた。由樹が住んでいるのは、S市から十五キロほど榛名《はるな》湖方面へ上ったところにある伊香保温泉だった。伊香保温泉は数々の文芸作品の舞台にもなり、万葉集にもその名が登場する古来からの名湯だが、現在ではバーやストリップ小屋、検番なども充実している歓楽街温泉である。男の保養地といっても過言ではない。由樹は、そこからS市までバスで通っていた。

由樹に父親はいなかった。彼女が幼い頃に両親は離婚していて、彼女は母親と二人暮らしだということだった。それだけに母娘の絆は強固なものらしかった。母親のミサはまだ四十半ばだが、検番の女将の他、居酒屋や射的場なども経営し、伊香保の女親分と呼ばれている豪気な女だった。由樹はいずれ伊香保に税理士事務所を構えてその母親の事業を支えるという目標を持っていた。そのために今は東京のK大学法学部を目指して受験勉強の真っ最中だということだった。

由樹が住んでいるのは母親が経営するアパートの一室で、彼女は一階、母親は二階で暮らしていた。そのほかの部屋は、母親が面倒を見ている若い芸者衆が入居しているらしかった。アパートの隣には母親の所有する小さな一軒家があり、そこには由樹の叔父が妻子とともに生活していた。叔父は伊香保を拠点にして解体業を営んでいたが、若い頃には暴力団に身を置き、母親をずいぶん泣かせたということだった。

北原と由樹の噂が学内に流れるようになったのは、二人が文化祭で知り合ってから間もなくのことだった。二人はいつの間にかつき合うようになっていたのである。彼らは町の喫茶店や映画館などでデートを重ね、夕暮れの公園でキスをしているところをS女子高の生徒たちに目撃され、それが話題となり、二人の関係は誰もが知るところとなったのである。

私は悔しかった。受験勉強をしていても、彼らの睦《むつ》まじい姿が妄想となって現れ、勉強が手につかず、テストの成績は落ちるばかりであった。受験勉強のない北原が恨めしかった。しかし、大学に合格すれば由樹と同じ東京で暮らせるのだ、という一念で何とか自らを鼓舞した。

北原が由樹のアパートへ通うようになったのは、秋も終わり、冬の気配が漂ってきた頃であった。北原は、由樹の母親や隣に住んでいる叔父一家の目を警戒して、伊香保に夜十時に着く最終のバスで上り、朝はまだ世間が眠っている五時の始発バスで帰るというパターンを繰り返した。

由樹のアパートは、バス停から五十メートルほど路地を北に下ったところにあった。北原はバスを降りると、他の乗客たちに行く先を悟られぬようアパートとは別方向に歩くのが常だった。そして、しばらく辺りをぶらつき人影がなくなる頃に引き返すのだった。由樹が自分のことを待ってくれていると思うと、それも楽しい回り道であった。彼はアパートの前までくると、足音を忍ばせて由樹の部屋に近づき、ドア横の小窓のガラスを軽く叩いた。それが二人の合図であった。すると、勉強をしていた由樹がドアを開けて嬉々として抱きついてくるのだった。

北原は、雪が降ろうと北風が吹きつけようとコートの襟を立てて由樹の部屋へ通った。お陰でN町の自宅には滅多に帰らなくなっていた。朝、由樹の部屋から帰ると、その足でS市の銭湯に入って学校へ行くか、あるいは知り合いのヤクザのアパートで布団にもぐり込んだりした。たまに自宅に帰っても、母親が彼の行動を心配している様子はなかった。説教をされることはおろか、親子の間にほとんど会話もなかった。彼は孤独だった。常に一匹狼だった。が、深夜の由樹との密会が少年の心の唯一の灯であった。

由樹は北原に対し、深夜一時までは受験勉強に徹すると宣言していた。実際に、最初のうちは炬燵《こたつ》に向かって参考書にペンを走らせていた。北原もそれに協力し、その間は、由樹の背後にあるベッドに横たわり、トリスを飲みながら文庫本の文字を目で追ったりしていた。が、恋に夢中の由樹が勉強になど集中できるはずはなかった。由樹の受験勉強は、北原が訪れてくる前のほんの短時間だけとなったのである。

二人は深夜ラジオをBGMに由樹の狭いベッドに横たわり、身を寄せ合った。そして、時折キスを交わしながら囁《ささや》き合っているうちに、若い彼らの一夜はまたたく間に過ぎていった。それは思春期真っ只中の二人にとっては夢のように満たされた時間だった。そして朝が訪れると、部屋を出て行く北原に由樹が抱きつき、必ずキスをせがんだ。

実際、二人は抱き合ってキスをするだけだった。北原は豪快に酒も飲むし派手に喧嘩もするが、女性とのつき合いは由樹が初めてであった。女性に対してオクテの彼は、まだ異性との経験がまるでなかったのである。

そんなある晩、ベッドで戯れ合っていた際、北原の指が由樹の体の深い部分に触れた。北原は戯れの延長で触れただけなのだが、由樹はそれをセックスのための前戯と勘違いしたのである。由樹は大人の世界への憧れと好奇心から、「アキ君、抱いて?」と北原を見つめた。むろん、そこには北原への愛情もあった。それは北原も同様だった。愛し合っていれば相手の体を求めたくなるのは当然のことである。だから二人は、ごく自然にその行為を受け入れ、互いに照れながらも自分の衣服をすべて脱ぎ捨てたのだった。

そして、北原は由樹の上に体を重ねたのである。

「アキ君、経験あるの?」

由樹が不安そうに訊ねた。

「う、うん……何人もあるさ」

北原は童貞なのに、虚勢を張った。

「私はアキ君が他の女の人を知っていても構わないの。その方が安心だし」

由樹は自らに言い聞かせるように呟いた。

「由樹は初めてなんだろ？」

北原が囁いた。

「うん。だから優しくしてね」

「ああ……分かった」

とは言ったものの、北原はまだ愛撫という行為すら知らなかった。恐る恐る由樹の両脚を広げ、ただ勃起したペニスを闇雲に由樹の乾いた陰部に押しつけた。が、いくら押しつけても入らない。由樹も顔に苦渋を滲《にじ》ませている。北原は、うまくいかない焦りから全身に幾筋もの汗を流した。呼吸も荒くなった。挿入できないので、なおも躍起になって力を込めると、

「アキ君、痛い。堪忍して……堪忍して……お願い……！」

と由樹が悲鳴を上げたのだった。それ以上に責めることはできないと観念した北原は、気恥ずかしさでいっぱいになりながらも、やむなく由樹の体から降りた。

「ごめん、アキ君、ごめんなさい」謝ったのは由樹だった。「私……きっと無理なのね」

由樹は悲痛な声でなおも謝った。経験のない北原には、なぜ、うまくいかないのか理由が分からなかった。

「謝るなよ、由樹。……俺こそ、ごめん」

「でも、他の人とはできたんでしょ？」

「う、うん」

「だったら、きっと私の体に原因があるんだわ」

由樹は、自分の体に欠陥があると真剣に思い込み、大学に入って東京へ行ったら、向こうの専門病院で陰部の切開手術をしてもらうとまで言い出した。

「私たちが一つになれる日は、もう少しお預けね」

「……うん」

北原は複雑な思いでうなずいた。

「私のこと、嫌いになった？」

由樹が北原の胸に顔を埋めて呟いた。

「ううん。そんなことないよ」

「じゃ、ちゃんとした体になったら、結婚してくれる？」

「結婚？」

「嫌？」

由樹は北原の顔を覗き込んだ。

「ううん。由樹が大学を卒業したら……そしたら一緒になろう」

「ほんと？」

「うん」

「約束よ」

由樹は北原の小指に自分の小指を絡ませた。

「うん。約束だな」

「じゃあ、私たち今から婚約者ね」

「そうなるな」

二人はどちらからともなく笑い合った。婚約という言葉の響きは、愛する十七歳の彼らに無上の喜びを与えた。二人はそれに酔った。互いが相手の所有物になるということが、彼らにこの上ない幸福感と安心感をもたらしたのだった。

「そうだ。婚約の記念に新記録に挑戦してみない？」

由樹が突然、思い出したように言い出した。

「新記録って、何の」

北原は怪訝な顔で訊ねた。由樹によると、深夜ラジオを聴いていたら、女子大生のリスナーが彼氏と三十分間もキスをしつづけたと自慢していたというのだった。由樹は、その話題に触発され、その記録を破ろうともちかけたのである。

「よし、やろう」

北原は乗った。

「笑ったら駄目なのよ」

「うん。目標タイムは？」

「じゃあ、三十五分。自信ある？」

「俺はあるけど、由樹はどうかな」

「言ったわね。負けないから」

そして由樹は目覚まし時計を正時に設定した。それから二人は抱き合って唇を重ね合わせ「よーい、スタート！」で、三十五分間の新記録達成に成功したのだった。

そんな日々が重なり、ついに正月も過ぎ、バレンタインデーも近くなった頃、由樹は北原に一つの頼みごとをした。

「十五日の晩は必ず来て欲しいの」

それはK大学法学部の入試の前日であった。

「前の晩はアキ君に一緒にいて欲しいの。そうすれば安心して試験に臨めるし、受かる自信も湧いてくるから。だから、お願い」

由樹は北原に懇願した。

「うん、分かった。一晩中、由樹の寝顔を見つめながら合格を祈ってあげるよ」

「アキ君、大好き！」

由樹は北原の胸に抱きついた。

4

それは由樹と約束をした二月十五日のことだった。

北原は数日ぶりにN町に帰った。実家で着替えを調達するためである。今夜は由樹を見送る。だから身綺麗にしたかったのだ。

地元のN駅を降り、自宅のある住宅街を歩いていると、向こうから二人の高校生がやってきた。その二人は地元の県立高校の生徒たちだった。その高校は、頭の良い生徒もいなければ度胸のある者もいない、中途半端な田舎の学校であった。

彼らは北原の教科書の一冊も入っていないぺちゃんこの鞄を見て「生意気な奴がきた」と思ったにちがいない。しかも襟章は進学校のS高校である。それだけでひ弱な奴だと思ったのだろう。

「ちょっと待てよ」

二人は北原の行く手を塞いだ。北原が無視して行こうとすると、さらに立ちはだかった。

「なんか用か」

北原は言った。

「なんか用か、だと？　この野郎」

と迫りながら、一方がいきなり北原の襟首を摑んできた。

「言っとくが、後で泣くことになるぞ」

北原は声を低めて言った。すると、もう一方が、

「何だと？　イキがってんじゃねえぞ、このガキ！」

と息巻いて、北原の頬を殴ってきた。

「それでも殴ったつもりか？」

北原が不敵な薄笑いを浮かべると、二人の顔に見る間に恐怖の色が湧いた。刹那、北原は二人の腹や顔面にパンチを叩き込んだ。二人は地べたに倒れ、半泣きになり、慌てふためいて、転がりながら逃げて行った。

「俺はS高の北原だ。文句があるなら、いつでも相手になるぞ」

北原は啖呵《たんか》を切ったが、その一言が、面倒な事態を呼んだ。殴られた二人が親に伝え、その親が警察に通報し、警察からS高校に連絡がいった。さらに高校の担任の井田から母親の佳代子に電話がきて、「何しろ悪質なんだよ、オタクの息子は。目の悪い生徒を殴ったんだからね」と頭ごなしに怒鳴ったのである。目が悪いかどうかは北原に分かるはずもない。二人とも眼鏡などかけていなかった。そうこうしているうちに怒鳴った井田も車を飛ばして北原の家まで飛んできた。井田は玄関を開けるなり、そこに土下座をすると、「どうか学校を辞めて下さい」と北原と母親に泣いて訴えたのだった。「このままだと他の真面目な生徒にまで悪影響を与えてしまうんです」と言いつのり、一通の茶封筒を差し出した。茶封筒を開けると、そこには〝退学届〟の書類が入っていた。そんなところへ地元の警察署の刑事たちがパトカーでやってきて、北原は警察へと連行されたのだった。

刑事によると、北原に因縁をつけた二人は、草津温泉のホテルの息子で、片方の親は町会議員もしている地元の有力者なのだという。二人の親ともかなり怒っていて、北原に厳罰を与えて欲しいと言っているとのことだった。母親の佳代子は刑事や教師から叱責を受け、ただ頭ばかり下げて謝っていた。だが冷静になって考えてみると、喧嘩を売ったのも殴ってきたのも相手の方である。だから悪くても喧嘩両成敗といったところなのだが、責められ罰を受けるのは北原だけであった。

北原は納得がいかなかったが、殴られた生徒は二人とも、北原に因縁をつけられ一方的に殴られたと言っているという。どう北原が反論しても信じてくれる刑事はいなかった。結局は、不良少年と呼ばれ、片親しかいない自分が悪者にされるのだと思い、北原は地団駄を踏んだ。北原に殴られた二人は、北原の報復を恐れ、東京の私立高校へ転校するつもりだという。それを刑事から聞かされて、北原は呆れ果てた。救いようのない腰抜け連中だと思った。

その晩のうちに、北原は翌日からの無期停学を言い渡された。それは初めての処分であった。それまで一度も停学になったことがなかったのは、相手が名うてのワルで、しかも複数だったこと、それと北原の方から喧嘩を売ったことがなかったからである。

その一件で、その晩、すでに終電時刻も過ぎて、北原は由樹を訪ねるという約束を果たせなくなってしまった。北原にとっては、それが一番の気がかりであった。由樹の心情を思うと辛かった。彼女が自分を待っている姿が目に浮かび胸が痛かった。しかし、由樹の部屋には電話はない。今のように携帯電話などもない。連絡の方法はなかった。

仕方なく北原は布団に入ったが、彼はもう一つの煩悶に襲われていた。自分はこのままでいいのだろうか。高校生という目的のないぬるま湯の中に浸かっていていいのだろうか、と彼は悩んだ。そう思うと、言いようのない居たたまれなさをおぼえるのだった。早く社会に出たかった。社会、というのは北原の中では東京しかあり得なかった。なぜか分からぬが、彼は幼い頃から東京に強い憧れを抱いていた。テレビでしか見たことのない街だが、将来はこの街で生きるのだと勝手に思い込んでいたのである。

翌朝六時、北原はS駅にいた。由樹を見送るためである。

S駅は、新潟方面行きの下り列車は1番ホームだが、上野行きの上り列車は2番ホームである。その間を狭く薄暗い地下通路がつないでいる。北原は、改札口には母親が見送りにきている可能性もあると思い、地下通路で由樹を待った。

由樹は予定通りの時刻に一人で現れた。北原の姿を認めると、彼女は泣きながら走ってきて「アキ君……!」と抱きついてきた。彼女の目は、真っ赤に腫れていた。

「昨夜、一晩中眠らないで待っていたのよ」

「ごめん。どうしても行けなくて……」

「アキ君に逢えないから、ずっと泣いてたの」

「馬鹿だな」

「何かあったの?」

「ううん」

「心配で、色々考えていたのよ」

「悪かったな。それより試験は大丈夫か?」

「アキ君がこうして逢いにきてくれたから、私、頑張る」

「うん。俺も応援してるから」

「アキ君、愛してる」

「俺もだよ」

「お願い、キスして？　そうしたら元気が出るから」

北原と由樹は、そこで長いキスを交わした。

「合格発表の日には連絡くれよな」

北原は由樹に言った。

「うん」

「じゃ、頑張って来いよ」

「はい。行ってきます」

そう言って由樹はホームに上がった。北原は、その場で彼女を見送った。由樹を乗せた列車が出発すると、北原は駅を後にして、その足でS高校へと向かった。彼のコートの内ポケットには退学届が入っていた。記入も済ませてある。入学時の保証人である母方の伯父は彼と同じN町に住んでいるが、今朝五時に、まだ寝ているところを訪ね、半ば強引に署名と捺印をして貰ってきたのである。母親の佳代子には一切相談しなかった。相談したところで「勝手にしな」という答えが返ってくるのは目に見えていた。北原は、由樹の合格の一報を聞いたら自分も東京へ行く決意を固めていた。

北原は高校へ行く途中で銭湯に立ち寄り、時間調整をした。そして教師たちが出勤してくる時間を待って、正門をくぐった。

職員室を訪ねると、机に座っていた井田が、

「何だ、お前。停学のはずだぞ！」

と目を剝いて声を張り上げた。が、

「退学届を持ってきました」

と言うと、途端に満面に笑みを浮かべ、

「そうか。よく決心してくれたな」

と安堵の声を洩らした。彼だけでなく、室内にいた七、八人の教師たちがみな腰を上げて「そうか、そうか……」と、いかにも嬉しそうに頰をゆるめた。北原が一つくしゃみをすると四、五人の教師が慌ててティッシュペーパーを持ってきたものだ。そんな親切は最初で最後であった。目の上のたん瘤《こぶ》がなくなり、さぞほっとしたのだろう。


それから六日後の夕方、自宅にくすぶっていた北原のもとに由樹からの電話が入った。その日は由樹の入試の合格発表の日であった。電話を取り次いだ母親に由樹からだと言われ、北原は朗報の予感に胸が弾んだ。しかし、電話の向こうの由樹の声は沈んでいた。残念ながら大学には落ちたというのだった。

「そうなんだ……」

「……うん」

二人はしばし黙り込んだ。

「残念だったね」

「……」

由樹は無言だった。

「実は、俺も話があるんだ」

「なに」

「俺、高校を辞めたよ」

「……そうなの」

あまり興味なさそうな声だった。

「俺の学歴は高校中退で決まり。でも、由樹には来年があるよ。今度こそ大丈夫だって」

「……」

「来年こそ、きっと受かるよ」

北原は精いっぱい由樹を励ました。

「ねえ」

由樹が北原の言葉を遮るように言った。

「なに」

「今夜来て欲しいの」

「うん。いいけど……」

「きっとよ」

「うん。じゃあ、いつもの時間に……」

「待ってるわね」

そこで二人は電話を切った。


北原は昨日、N町の小さな衣料品店で、二千八百円のバーゲン品の背広を買った。もう高校生ではないのだから学生服は要らなかった。それを着て、その夜、彼は由樹のもとへ向かったのだった。


ところが、アパートのドア横の小窓を叩いても由樹の現れる気配はなかった。さらにもう一度叩いてみた。すると、部屋の中から「入りやがれ！」という中年女の怒声が響いてきた。ドアを開けて三和土《たたき》に入ると、部屋には由樹と母親らしき女が炬燵に座っていた。その瞬間、北原は由樹が母親に命じられて自分をおびき寄せたことを悟った。裏切りの文字が、彼の脳裏に浮かんだ。北原が母親のミサと会うのは、むろん初めてであった。母親は和服の着流し姿で、伊香保の女親分と呼ばれているだけあって肝の据わった面構えをしていた。その横で、由樹は俯《うつむ》いて座っていたが、大きな目は涙で腫れ上がっていた。

北原が呆気に取られていると、今度は背後から角刈りの太った中年男が現れた。すぐに叔父であると察しがついた。北原は待ち伏せされ、挟み撃ちにあったのである。

「てめえが北原か」

叔父がドスの利いた声を響かせた。

「何ですか」

「何ですかだと？　この野郎」

「いいから中へ入れ」

母親が声を張った。

北原は部屋へと上がった。

「由樹、お前は私の部屋に行ってな」

母親がそう言うと、由樹は黙って玄関を出て行った。

「座れ！」

叔父が怒声を発した。北原は炬燵の前に腰を下ろした。すると、叔父は手にしていた日本刀を鞘《さや》から引き抜き、それを炬燵の天板めがけて突き刺したのだった。そして、

「由樹のことを散々オモチャにしやがって、このチンピラが」

と息巻いた。

「僕はそんなつもりで由樹さんとつき合ってはいませんよ。それは彼女に聞いて貰えば分かるはずです」

「聞いたから頭にきてんだろうが」

北原は口を噤《つぐ》んだ。母親や叔父からすれば憤る状況なのかも知れないが、それよりも、北原には由樹の心変りが信じられなかった。部屋を去って行く由樹は、北原と視線を合わせることさえ

避けていた。あれだけ愛し合った仲なのに、大学を落ちたというだけで、女はそんなに簡単に変われるものなのか。やはり、恋人よりも母親との絆の方が強いということなのだろうか。北原は、そんな失望感に襲われていた。

「お前のお陰で由樹は大学を落ちたんだ。どうしてくれるんだ」

母親が声を荒らげた。

北原は黙っていた。確かに自分の存在が由樹の成績を落としたのは間違いないだろうが、それが不合格のすべての理由とは思えなかった。

「あの子よりずっと成績の悪い子が合格したんだよ。そんなはずがないと問い詰めたら、泣きながらお前のことを白状したんだ」

「……」

「こんな女たらしに引っかかって、本当に由樹も馬鹿だよ」

「……」

「今後、ちょっとでも由樹に近づいてみろ、俺の息のかかったS市のヤクザに頼んで、てめえなんか殺してやるからな」

叔父が凄んできた。

「S市の関東M一家なら、僕も顔見知りですよ」

「何だと？　ガキの分際でいっぱしの口利きやがって」

「代貸《だいがし》のEさんとは背中を流し合った仲ですよ」

「てめえ、脅しのつもりか」

「いえ。事実を言ったまでです」

「おい。そんなことより、由樹は何もなかったと言ってるが、本当に男と女の関係はなかったんだろうなあ」

母親が一番気にしていることを訊いてきた。

「何もないですよ。由樹さんの言う通りです」

「由樹なんて呼ぶな！　もう娘はお前のことなんか何とも思ってないんだ」

母親はまたも声を張った。すると、叔父が、

「男と女が一つの部屋に泊まって何もなかっただと？」

その顔は疑っていた。

「ないものはないんです」

「よし。それは信じよう」そう言うと母親は、「お前の母親は飲み屋をやっているというが、お前と由樹のことは知っているのか」

と訊いてきた。

「いいえ」

北原は答えた。

「全然知らないのか」

「ええ」

「息子が女の部屋に入り浸っているというのに、それも知らないのか」

「ええ」

「全く呆れた親だな」

「お互い様です」

「なに」母親は憤然とした。そして、さらに、「お前さんはS高を中退したっていうけど、これから何になりたいんだ？」

と訊いてきた。

「もともとは画家志望でした」

「画家だ？」

叔父が素っ頓狂な声を上げた。

「裸の女でも描くのか」

母親が揶揄ってきた。

「それも立派な芸術だと思います」

「大学も行かないで画家なんかになれるか」

叔父が呆れたように言い放った。

「そりゃあ偏見ですよ。骨身を削って頑張れば大学なんて出ていなくたって……」

「チンピラが一端《いっぱし》のこと言うんじゃねえ」

そこに母親が割って入った。

「まあ、あんたが画家になろうがヤクザになろうが私たちにゃあ関係ないよ」

「ええ。そうです」

「だが、娘が大学を落ちたのはお前の責任だからな。高校の教師にも必ず合格すると言われていたんだ。その怨みは一生忘れんからな。いいな」

「……」

北原は曖昧な質問には沈黙を保った。

結局、彼らは北原の存在が原因で由樹が大学を不合格になった、と絶対的に思い込んでいる。それはある程度の確率でそうなのかも知れないが、その鬱憤を晴らし、さらに北原と由樹がもう二度と縒《よ》りを戻すことがないという確約が欲しかったのである。そのために彼らは、まるで堂々巡りのような似たり寄ったりのセリフを三時間近くも繰り返したのだった。

母親は最後に念を押した。

「もう二度と由樹にちょっかい出さないと約束できるか。どうだ」

北原はゆっくりと頷《うなず》いた。

「じゃあ、約束します」

「じゃあ、とは何だ、じゃあとは」

叔父が絡んできた。

「僕も由樹さんには、大学に合格して貰いたいですから」

「もう由樹の前には現れないんだな?」

母親が執拗に迫った。

「……はい」

北原は冷めた顔で言い切った。それは本心だった。母親や叔父に脅されたから由樹と別れる気になったのではない。騙し討ちのように自分を呼び出した由樹に失望したし、彼女の心が遠く離れてしまったことを実感したからだった。すでに母親に洗脳された由樹には、どんな言葉も無意味であると判断したからであった。

夜中の一時頃、北原はようやく解放された。彼はそこから暗い道を二時間ほど歩いてS市に辿りついた。それから彼は、S高校近くの「壺」というスナックへ向かった。そこの扉を開けると、薄暗く広い店内に客の姿はなく、三十代のマスターが一人いるだけだった。北原は以前、その店で日本酒一升を二十五秒で飲み干すという記録を残していた。マスターとは、それから親しくなった。彼は何も注文せず、ただソファーで寝かせて貰った。

朝五時、閉店の時刻に彼はマスターに起こされた。礼を言って表に出ると、真冬だというのに生ぬるい南風が吹いていた。風は右前方の東京方面から吹きつけていた。北原は、それを顔いっぱいに浴びた。そして、自分の行き先は東京しかないと思った。由樹の存在が消えた今、その街に何があるというわけでもないが、他に行く所もなかった。それに東京は、彼が幼い頃からずっと憧れていた夢の街なのである。

彼の背広のポケットには千円札が一枚しか入っていなかった。当時、S市から東京までの電車賃は七百五十円であった。だから、まさに片道切符の上京なのだった。

5

東京にやってきた北原は、迷うことなく南雲次郎というS高の先輩のアパートを目指した。南雲は北原より一年先輩で、現在は私立の名門W大学に通っていた。北原よりさらに背が高く、肉づきのよい大男であった。その南雲が、北原の高校中退を同級生からの連絡で知り、いつでも遊びにくるようにとアパートの住所を電話で伝えてきてくれていたのだった。

北原は目黒駅から目蒲線（現・目黒線）に乗り換え、最初の停車駅である不動前で降りた。そこが南雲のアパートの最寄り駅だった。

北原がメモに書かれた住所を辿りながら、武蔵小山《むさしこやま》方向への長い坂道を上り切り、ちょっと広い車道を横切って高い石垣と廃墟に挟まれた路地を入ると、紺色の制服姿の女子高生が彼を追い抜いて行った。

「あの……すみません」

「あ、はい」

北原は思わず彼女を呼び止めていた。南雲のアパートを訊ねようと思ったのである。アパートには、もちろん住所はあるが、名前がなかった。そこで北原は南雲の名前を出してみた。するとアパートはすぐに分かった。彼女も同じアパートに住んでいて、南雲の部屋は、彼女の部屋の真上であった。

北原はその女子高生を見た瞬間に、伊・仏合作映画『ブーベの恋人』で主役を演じていたクラウディア・カルディナーレに似ていると思ったものだ。彫りの深い個性的な顔立ちだが、どこか不貞腐れたような横顔が都会的で、北原にはおよそ手の届かぬ遠い人といった印象だった。だからこの時は、彼女が北原の生涯に重要な影響を及ぼす存在になるとは、むろん思ってもいなかった。

北原は彼女と同じ玄関を入り、二階の南雲を訪ねた。

「おう、よく辿りつけたな」

南雲はそう言って、笑顔で北原を迎えてくれた。

「美人に道案内してもらったので」

「まさか、真下の部屋の女の子じゃねえだろうなあ」

「図星です」

「本当か？　俺だってまだ口も利いたことねえのに、まったく手が早えなあ」

「冗談やめてくださいよ」

二人は笑い合った。それから南雲が電気ポットで淹れてくれたお茶を啜《すす》り、北原はようやく人心地がつけたのである。

「これから東京で暮らすのか？」

南雲が訊いてきた。

「そのつもりです」

「仕事は？」

「明日、探してきます」

だから部屋を借りる金が貯まるまで、ここに居候させてくれないか、と北原は頼んでみた。

「ああ。それはいいよ」

「すみません」

「このアパートに空き部屋があると思うから、今度、大家に聞いといてやるよ」

「助かります」

南雲によると、ここは二階建ての細長い建物が四棟あり、長方形を描いている。南雲の向かいの棟の一階には大家一家も住んでいるが、もともと学生専門のアパートなので部屋もほとんどが三畳だが、南雲の真下の女子高生——香坂真弓の部屋だけは八畳なのだという。南雲が大家から得た情報によると、真弓はつい最近まで母親と妹の三人で暮らしていたが、別居していた父親との離婚が成立し、母親は妹だけを連れて出て行ったというのだった。真弓は母親の本当の子供ではなく、六本木の方で水商売をしている父親が、よその女に産ませた子供らしかった。真弓は現在、東京でもハイレベルの都立H高校の二年生だということだった。しかし、そんな話を聞いても、その時点では、北原にとってそれは見知らぬ他人の身の上話に過ぎなかった。

そして、その日も夜が更け、北原は南雲の寝袋にもぐりこんだ。南雲に由樹のことは打ち明けていないが、彼の頭の中には由樹の面影がまるで映画のスクリーンのように次々と蘇り、なかなか寝つかれなかった。

その翌日、北原はアルバイト情報誌で仕事を見つけてきた。港区三田にある大手鉄工所の工員だった。彼の任務は、広い工場の片隅で機械に向かって座り、ハンドルを上下させながら一日中鉄板に小さな丸い穴を開けるというものだった。それがどんな製品の何の役目をする部品になるのかも知らされず、ただ穴を開けつづけた。けれど朝八時から夕方五時までの単純労働は、若い彼には気が遠くなるほど時間が長く感じられた。長期間つづけるのは無理であった。が、毎日五千円の給料が日払いであるというのが魅力だった。それと、その工場は本来なら由樹が通うはずだったK大学のすぐ近くであった。北原は通勤時に女子大生を見かけたりすると、それが由樹の姿と重なり、彼女の面影を思い浮かべるのだった。

北原は半月間を工場で働いたところで、今度は履歴書を持って町に出かけ、次の仕事を探して歩いた。すると三日後に武蔵小山の「カサブランカ」という深夜スナックの表に〝従業員募集〟の貼り紙を見つけたのである。簡単な面接を受け、彼はその場でウエイターとして採用されたのだった。勤務は夕方六時から深夜二時までであった。

その日アパートに帰ってみると、さらに朗報が待っていた。部屋が見つかったのである。それは南雲のお陰であった。彼が大家に話を通しておいてくれたのである。部屋は、南雲の向かいの棟、つまり大家の住居のある棟の二階の三畳だった。もちろん風呂などはなく、トイレや炊事場も別棟での共同使用だった。家賃は三千円で礼金や敷金はなかった。

北原は前家賃の三千円を払うと、さっそくその晩から自分の部屋に移り、翌日からは深夜スナックへも通い始めたのだった。

そんなある夕方、北原が出勤前に共同炊事場へ顔を洗いに行くと、そこで香坂真弓が洗濯機を回していたのである。彼女は北原を見ると、

「これからお仕事ですか」

と声をかけてきた。

「え、ええ」

そう応えて水道の蛇口をひねると、真弓が素早く近寄り、北原のシャツの袖口をまくってくれるのだった。

「あ……どうも」

北原は顔を洗うと、頬を赤く染めながらその場を後にした。そんな彼を真弓が笑顔で見送った。北原は、若いのに気の利く真弓に心を打たれたものだ。

次の日の夕方、北原が部屋で出勤の用意をしていると、ドアがノックされた。ドアを開けてみると、そこには真弓が笑顔で立っていた。彼女は、北原のために手作りクッキーを焼いてきたというのだった。

「夜中に帰って、お腹が空いていたら、これ食べてね」

「あ、ああ、ありがとう」

北原は恐縮した。が、真弓の来訪はそれだけでは終わらなかった。それからというもの、真弓は学校から帰ると毎日のように北原の部屋に入り浸るようになったのである。そして夜は北原の

帰りを待つようになったのだった。若い二人の接近は早かった。北原は、真弓と酒を飲んだり、たまには食事に出かけることもあった。誰かと一緒にいると、寂しさを紛らわすことができた。だが、北原は真弓と体の関係は持たなかった。由樹との失敗がトラウマとなり自信を喪失していたということもあるが、由樹以外の女では体が反応しないことを思い知らされたのである。それでも真弓は貪欲に欲しがり、我慢できずに北原の下半身に舌を這わせた後、そこに自分の陰部を強引に押しつけた。しかし、北原の体は老人のように萎えたままだった。が、その接触がその後、恐ろしい事態を引き起こすことになろうとは、その時は予想もしていなかった。

そんなある深夜、北原が仕事から戻ると、いつも部屋で待っているはずの真弓の姿がなかった。彼女の部屋へ行ってみたが留守だった。北原は、二階の南雲の部屋の明かりが点いているのに気づき、階段を昇ってドアをノックしてみた。南雲は真弓の消えた理由を知っていた。彼によると、真弓は北原が出勤した後、父親が突然訪ねてきて強引に実家へと連れて帰ったというのだった。

「女子高生を、いつまでも一人暮らしさせてるわけにはいかないもんな」

南雲は言った。

北原も、それはそうだろうと思った。

「荷物も運んでいたから、もう帰ってくることはないぜ」

「……そうですか」

北原は、悄然《しょうぜん》と踵を返した。そんな彼の背に、

「お前さ、インポなんだってな」

と南雲が蔑むような薄ら笑いを浮かべて言い放った。北原は素早く振り返った。

「あんた、まさか、真弓と……」

南雲はへらへらと笑っていた。北原は嚇怒《かくど》した。たとえ真弓と肉体関係はなくとも腹が立った。

彼は拳に力を込めた。そして、

「あんたとは、これで終わりだな」

と、ようやく吐き出したのだった。

すると南雲は、「俺は据え膳を食っただけだぜ」と嘯《うそぶ》いた。

「うるせえ、この野郎。本当なら半殺しにするところだぞ。だけど、今回だけは勘弁してやるよ。

——居候の礼だよ」

そう言い残し、北原は階段を下りたのだった。


その頃から北原はみるみる無気力になっていった。真弓と再び逢えなくなったからではない。彼女を愛してなどいなかった。彼の苦しみの原因は、真弓と縁が断たれたことで由樹との生木を裂くような辛い別れの記憶が蘇ったことにあった。それと都会での孤独も彼から覇気《はき》を奪っていた。彼が欲したのは愛する対象である。が、そのただ一人の由樹とは遠く引き離されてしまった。彼は、どこにいても、何をしていても、ぼんやりと目が宙をさまようようになった。自分で自分の精神を追い詰めていたのかも知れない。恐らく彼は、由樹と逢えない寂しさから極度のうつ状態に陥っていたのであろう。そんな彼に、勤務先のスナックのオーナーは、田舎へ帰るようにと説得し、遠回しにクビを言い渡したのだった。

それからの彼は部屋に閉じこもった。しかし、収入のない彼はあっという間に無一文になってしまったのだった。だからといって働ける状態ではなかった。そこで彼が思いついた窮余の一策が〝空き瓶拾い〟であった。彼は重い腰を上げてそれを実行した。それは簡単なことだった。バッグを提げて、静まり返った夜中の町をぶらつき、自動販売機や商店の前に転がっているコカ・コーラの空き瓶を一晩中拾い集めるのである。そして朝、アパート近くの食料品店にそれを持って行き、一本十円で引き取ってもらい、その金でキャベツ一個と一瓶三百四十円のトリスを買い、キャベツを齧りながらウイスキーに酔いしれるのだった。

そんな彼の脳裏にいつも宿っていたのは、やはり由樹の面影だった。由樹に逢いたかった。由樹は今頃どうしているのだろう。そればかりを考えていた。やはり由樹のことが好きだった。忘れられなかった。伊香保ではきっぱりと縁を切ったつもりだったが、それは母親たちに強制されたもので、本人同士の意思での別れではない。由樹から直接「さよなら」の言葉を告げられたのでもなかった。結婚まで約束した仲なのだ。将来を誓い合った仲なのだ。時間の経過で由樹の気持ちも元に戻っているかも知れない。そんな頼りない願望が彼の胸の奥にくすぶっていた。それは彼のそれまでの人生の中で、楽しかった思い出が由樹とのことしかなかったからかも知れない。彼は由樹との甘い日々を思い起こし、安い酒に身を委ねるのだった。

そんなある日、北原がいつものように部屋で酒に溺れていると、一方の天井の角が眩《まばゆ》いばかりに光り出し、そこから無数のピンク色をした星屑が彼の体めがけて降りそそいできたのだった。

その痛みと眩しさに思わず天井の角を見上げると、そこに頭から青いベールを被った聖母のような女性が現れたのである。聖母はじっと慈悲深い眼差しで北原を見下ろしているのだった。その聖母を見上げ、北原は無意識に手を組み合わせていた。すると今度は、聖母の姿が由樹へと変わったのである。しかし、

「ゆ、由樹……！」

そう叫んだ瞬間、由樹も聖母も無数の星屑とともに跡形もなく消えてしまったのだった。――それは現実だったのか。あるいは、由樹のことを思い詰めた孤独な少年の幻覚だったのか。しばらく北原は、天井に目をやりながら茫然としていたものだった。

それから間もなくの朝、北原は睾丸《こうがん》に激痛をおぼえて跳ね起きた。それは尋常の痛みではなかった。動けばもちろん、じっとしていても七転八倒するほどの痛みであった。彼は、誰に言われたわけでもないが、足が本能的に性病科医院に向いていた。むろん、今までそんなところへ行ったことはなかったが、人間いざとなると本能が働くものらしい。財布は空だったが、そんなことを考えている余裕はなかった。

医院に入ると、他に客の姿はなく、ひっそりとしていた。北原が受付の若い女の子に診察を乞うと、

「保険証はお持ちですか？」

と訊かれた。

「すみません。お金も保険証もないんです」

そう言うと、「ちょっと待ってください」と胡散臭《うさんくさ》そうな表情を残し、女の子は奥へ消えてしまった。

――ここで診てもらえなかったら、どうしよう……。

北原には他にどんな知恵もなかった。

「診てくれるそうですよ。どうぞ」

女の子が戻ってきて言った。

診察室に入ると、元軍医だという老医師が待っていた。後から受付の女の子も入ってきた。北原が医師に症状を告げると、

「おい、パンツを脱がせて」

と医師は若い看護婦に命じた。

北原は立ったまま看護婦にパンツを下ろされた。そして看護婦は慣れた手つきでペニスの先をつまんで持ち上げるのだった。それを椅子に座った医師がじろじろ眺めて診断を下した。

「あんた、若いのに、ずいぶん遊んだね」

「え」

「性病だよ」

やっぱりそうか、と北原はうなだれた。童貞で性病に罹《かか》ってしまったのである。相手は真弓以外には考えられなかった。北原は困惑した。性病を治すには一週間から十日、毎日保険のきかない抗生物質の注射を二本ずつ打たねばならなかった。費用は毎日六千円で、合計六万円ほどかか

るというのである。

田舎に帰るよりほかなかった。六万円などという大金は自分では用意できない。治療するためにはそれ以外に方法はない。が、しかし北原は母親を頼りたくなかった。そこには母親へのかすかな愛情も働いていた。愛情というよりも、生活のために男と寝ている母親に対する憐《あわ》れみであったかも知れない。そんなことで得た金を鷲掴みにするような真似はできなかった。

その日アパートに帰ると、さらなる不運が北原を待ち受けていた。それは自業自得なのだが、家賃を滞納しつづけていた彼は、大家に怒鳴り込まれ、部屋も強制的に追い出されてしまったのである。彼は無一文で住む場所も失ったのだった。どこかへ行きたくとも電車賃すらなかった。それを大家に訴えると、「だったら質屋にでも行けばいいだろう」と冷たく突き放された。

北原は何か売れるものはないかと思案したが、唯一の財産といえば、田舎の衣料品店で買った二千八百円の背広だけだった。しかし、それもよれよれに着古している。今さら商品価値などあるのか怪しかったが、北原はそれを不動前駅近くの質屋に持ち込んだのだった。

質屋に入ると、病気で婚期を逃したという噂の三十半ばの娘が奥から現れた。顔色がひどく悪かった。見るからに病人の顔であった。が、それ以上に北原の方が憔悴《しょうすい》しきっていた。二人は、しばし無言のまま見つめ合った。それから娘は、ほとんど品物も見ずに、

「いくらあればいいの？」

と訊ねた。

「いくらでもいいんです」

北原は答えた。

「いくらなの？」

もう一度娘は訊いた。

「じゃ、三千円……お願いします」

すると娘は、黙って千円札を五枚手渡してくれるのだった。その金から五百円を払い、北原は、ショーケースに展示されていた錆びかけた登山ナイフを一本買った。

それから彼は新宿に向かった。彼は新宿という街にまだ一度も行ったことがなかった。最後にポケットの中の金で新宿の高級クラブで飲めるだけ飲んで、金が底をついたらナイフで腹を刺して死のうと覚悟していた。

新宿駅東口を降り、歌舞伎町の雑踏の中をぶらついていると、

「ねえ、お兄さん」

と声をかけられた。振り返ると、赤いTシャツにジーンズ姿の十六、七歳の娘が立っていた。

「三千円でいいけど、どう？」

北原は無視して歩き出した。

「ねえ」

女は執拗に追ってきた。

「俺に近づかない方がいいぞ。病気持ちだからな」

しかし、女は動じなかった。

「だったら、一緒にシンナーやろうよ」

「……」

北原は黙して歩きつづけた。

「あたし、寄居の鑑別所から出てきたばっかりで金がないんだよ。シンナー代だけでいいから貸してよ」

「……」

「何でもするよ。何でもするからさあ。お願いだからさあ」

女は食い下がった。

北原は、ふと、そこで足を止めた。女の言葉に予定を変更する気になったのである。

「ほんとに、何でもするか？」

北原は相手の目を見つめて確認した。

「うん。ちょっとくらいならヤバいことだって平気だよ」

女は屈託なく答えた。

「お前、名前は？」

「みんなは新宿のマリって呼んでるよ」

「じゃあマリ、電話を一本かけてくれるか」

「いいけど。三千円くれる？」

「いいよ。うまくやったら払ってやるよ」

6

それから三十分後、北原は池袋駅の地下通路に立っていた。

新宿で出会ったフーテンのマリに、由樹の高校の同級生と騙《かた》らせ、伊香保の由樹の母親に電話をさせたところ、由樹は赤羽の親戚の家に下宿し、池袋駅東口にあるA予備校に通っていることが分かったのである。さらに赤羽の親戚の家にも電話で問い合わせ、由樹が毎日池袋駅発十六時三十五分の赤羽線に乗って帰ることも突き止めたのだった。間もなく、その時刻であった。

地下通路は乗降客の波に埋め尽くされている。北原は、赤羽線のホームに上る階段の陰から、じっと東口方向に目を凝らした。そして、ジャンパーのポケットからトリスのポケット瓶を取り出し、それを喉に流し込んだ。由樹と会えると思うと胸が弾んだが、自分を見た時の由樹の反応が怖くもあった。また、全身が気怠《けだる》く相変わらず睾丸も痛い。それらを紛らわすためにウイスキーを呷った。

十六時三十分、北原の酔眼に、雑踏の中をこちらに向かってくる由樹の姿が映った。北原は弾かれたように飛び出すと、人波をかき分けて由樹の前に立ちはだかった。

「由樹！」

「――」

由樹は吃驚《びっくり》したように立ち止まり、体を硬直させた。

「どうして……？」

雑踏にかき消され、聞き取れぬほどの小さな声だった。

「逢いたかったんだ」北原は少時、黙って由樹を見つめた。「ちょっと話せないかな。少しだけでいいんだ」

そう言って北原が歩き出すと、由樹も無言でそれに従った。

二人は北口を出ると、比較的人通りの少ない路地裏や線路沿いの歩道などを歩いた。まっすぐ前を見つめて歩く由樹に寄り添って、北原はしきりに彼女の表情を窺った。

「元気そうだね」

「……」

由樹の口数は少なかった。が、彼女の放ったたった一言が北原を絶望の淵に突き落としたのだった。

「私、今は後悔しているの」

「後悔？……後悔って、俺たちのことを？」

「そうなの」

「……」

北原はショックで何も喋れなくなった。由樹の残酷な言葉が北原の本来の知性を崩壊させ、思考をしどろもどろに乱れさせた。

「由樹……そんなのないよ……」

北原はやっとの思いで、絞り出すような声で言った。

「あなたとつき合ったばっかりに私は予備校通いなのよ。母にだって迷惑かけたわ」

「俺だけの責任だって言うのか？」

「何しろ、今は後悔しているわ」

「そんなこと言うなよ、由樹、頼むから……だって、俺たち結婚するんじゃなかったのか？」

「やめてよ、そんな昔ばなし」

由樹は吐き捨てるように言った。

「昔ばなし？　あれは昔なのか？」

「あの頃は私、どうかしていたのよ」

「そんなことないよ。あれが本当の由樹なんだよ」

「やめてよ。……それに私、もう新しい世界で生きてるの。邪魔しないで欲しいのよ」

由樹は毅然《きぜん》としていた。その気迫に圧され、北原は由樹に寄り添って歩きながらも「駄目なのか？……俺たち、もう駄目なのか？」と弱々しく哀訴するだけだった。それは傍から見ればしつこくつき纏《まと》っているように映ったかも知れない。

やがて、二人の足はまた駅まで戻り、改札を入った。

「もう、ついてこないで」

由樹はきっぱり言い放った。しかし、北原は由樹から離れなかった。いや、離れられなかった。ここで由樹と別れたら、まるで人類の死滅した暗黒の地上に一人取り残されるような気分になると思った。

北原は泣いていた。泣きながら虚《うつ》けたように「由樹……由樹……」と名を呼び、彼女に寄り添った。

由樹は地下道から赤羽線のホームへの階段を上った。夕暮れ時で、さっきよりも通路も階段もホームも学生やサラリーマンでごった返している。由樹は電車を待つ乗客の列に並びホームの中央に立った。

「由樹……俺、やっぱりお前と一緒でないと駄目なんだよ。分かってくれよ、な、由樹」

北原の顔は涙で崩れていた。そんな彼に向かって、突然、由樹が、

「それに……」

と、言葉を放った。

「なに」

「それに……私の体は欠陥なんかじゃなかったし」

「え」

「私の体は正常そのものよ」

北原は恐ろしい予感に怯えた。

「誰かと……そういうことしたの?」

北原は恐る恐る由樹の反応を待った。

「そうよ。私にはちゃんとした恋人がいるの。その人は一流大学のエリート学生よ」

それは嘘だった。北原を遠ざけたいがための残酷な作り話であった。彼女だって北原を嫌いになったわけではない。しかし、浪人生の今の彼女には、北原を受け入れる余裕がなかったのである。が、北原は由樹の嘘を信じた。

「由樹、お前は誰にも渡さないぞ」

そう言って、北原は由樹の手を摑もうとした。

「やめてよ！」

由樹がそれを払い、冷たい叫び声をあげた。北原は決定的に由樹の心に辿りつけない自分を思い知らされた。すると、由樹を失いたくないという執念が彼の爛《ただ》れた脳細胞をまたたく間に支配し、次の瞬間、彼は由樹を思いきり抱きしめていた。

「由樹！」

「痛い……！」

由樹が叫んだ。

「由樹……由樹……」

北原は泣きながら、由樹の体を抱えていた。

「あ……アキ君……ひどい……！」

断末魔のうめきとともに、由樹の体がその場に崩れ落ちた。その由樹の手には胸に深く突き刺さった登山ナイフが握られていた。

あちこちで群衆の悲鳴と怒号が起こった。それとともに、まるで水面に輪がひろがるように人々が二人から遠ざかった。北原は顔面蒼白でよろけるように後ずさり、群衆の中に呑み込まれた。そしてその直後、彼の姿は線路上に舞ったのだ。刹那、そこへ赤羽線の下り電車が警笛を鳴らしながら驀進《ばくしん》してきたのだった。

北原は即死し、由樹も搬送された先の救急病院で間もなく死亡が確認された。北原のナイフの刃が心臓にまで達していたのである。

その後、由樹の遺体は司法解剖に附された。その結果、彼女の体はいまだに処女であった。二人とも、まだ異性を知らずに十八年間の短い生涯を終えたのである。そして北原は「北原暁」ではなく、名前もないただの「少年A」として報道されたのだった。

7

私は、今思う。なぜ、北原は由樹を殺したのか。北原ともあろう男が、なぜ、そこまで追い詰められたのか。彼は寂しかったにちがいない。誰かの愛が——愛する由樹の愛が欲しかったにちがいない。そして由樹も自分を愛してくれていることを熱望したのだ。壊れかけた精神と肉体で、必死に。けれども、彼の期待は見事に裏切られたのである。

だが、この事件には一つだけ嘘が隠されていた。北原が由樹を殺害したのは事実だが、しかし、北原が自殺したという報道は間違いであった。それは嘘なのだ。その真実は私だけが知っている。あの時、由樹を刺した北原は、顔面蒼白でふらふらと後ずさった。そして群衆の中に消えた。その彼を線路に突き落としたのは、誰でもない、この私なのである。私は当時、私立大学の文学部に通っていたが、毎日のように池袋駅で由樹を待ち伏せていた。私も由樹のことが忘れられなかったのである。由樹の前に現れて交際を申し込もうと心に決めたが、断られるのが怖くて声をかける勇気が出なかったのだ。せめて、姿だけでも見たくて頻繁に雑踏の中で待っていた。そんなある日、北原が現れたのだった。それで私は二人を尾行したのである。

私は学力でも男としての胆力でも北原には遠く及ばなかった。その上、由樹を奪われた。その妬みは次第に憎悪に変わっていった。そして北原が由樹を刺した瞬間、憎悪は殺意へと化けたのだった。

私は北原へのどんよりとした罪の意識を——いや、殺人という事実を抱えながら四十一年間を生きてきた。内心ではいつも怯えていた。酒に溺れることで、その記憶を麻痺させていたのかも知れなかった。だが、その心の防波堤がつい三カ月前、音を立てて崩れたのである。三ヵ月前、医師から末期の膵臓ガンで余命半年と宣告されたのだった。長年、自分を誤魔化すために飲みつづけた酒が祟《たた》ったにちがいない。医師に宣告されたことで、それまで必死に耐えていた罪の意識がどっと背中に重くのしかかってきた。自業自得である。因果応報ともいえる。それでも北原より四十年以上も長く生きながらえた。が、私の一生はいったい何だったのか。確かなことは、私は卑劣な男だということである。

今朝、家を出た私は、北原の事件を大きく報じたQ新聞宛に一通の封書を投函してきた。明日には記者の手に届くはずである。そこには北原の死の真相が綴られている。むろん、私の実名入りで。それは私が最後の気力を振り絞って書いた真実の〝告白〟である。それが私の、北原に対するせめてもの罪滅ぼしだった。

私はこれから野反湖《のぞりこ》へ行く。野反湖は、群馬、長野、新潟の県境に位置し、ぐるりを二千メートル級の山脈に囲まれた周囲十キロの湖である。別名〝天空の湖〟とも呼ばれている。人影は滅多にない。そこに人が訪れるのは山菜シーズンの一時だけだ。むろん人家などもない。まさに深山幽谷の世界である。私はそこへ足を向けるたびに、いつも人間界と縁を断たれたような孤独感に胸を締めつけられるのだ。が、その寂莫とした空気は死をも寛大に受け入れてくれる優しさを秘めている。山奥だから観測はされないが、相当に雪は深い。こちらが雪ならば向こうは吹雪だろう。すでに根雪もかなり積もっているはずだ。そこが私の五十九年間の人生終焉の地なのである。病気にはなったが、病人にはなりたくないというのが本音だった。それも一種の〝逃げ〟である。北原なら正々堂々と自分の運命に立ち向かったことだろう。アイツは何からも逃げたりはしなかった。それに較べると、私は最後まで卑怯な男なのだ。これから赤羽まで行き、そこで十二時二十一分発の特急草津号に乗り換える。長野原草津口駅着が十四時四十一分。駅前でレンタカーを借りる。むろん、偽造免許証も用意した。ネットで闇の業者に依頼すると、たった十万円の報酬で警察の検問も突破可能なほどの精巧な免許証が、写真を送ってからわずか五日後には郵送されてきた。それを使えば私は架空の人物ということになり、失踪後も単なる〝蒸発〟と見做《みな》されるだろう。一人息子の私にはすでに両親もいない。迷惑をかける係累はない。飛ぶ鳥跡を濁さず、と言うが、長年住んでいた世田谷の２ＤＫの賃貸マンションも解約し、家財道具などは便利屋に依頼してすべて廃棄してきた。もはや、私の持ち物はバッグの中に入っているバーボンとサラミソーセージが一本、それに多量の睡眠薬だけである。それだけを持って長野原駅前から三十キロほどの山道をレンタカーで登る。そこは音も光もない世界である。雪の山道に車を乗り捨て、長野か新潟方面の県境の山奥へと分け入って行く。どこか雪に埋もれた樹木の根元にでも腰を下ろし、バーボンで多量の睡眠薬を飲み下す。だが、現在の睡眠薬はたとえ百錠のんだところで死ぬことはない。ただ深く眠ってしまうだけだ。しかし、私は眠らない。朦朧《もうろう》となったところで最後の行動に出るのだ。私は登山ナイフを持っている。渋谷区道玄坂のナイフ専門店で購入したものだ。四十五万円。ベテラン作家の手によるもので、剃刀《かみそり》のようによく切れる。酒とクスリの力を借りて一気に首の頸動脈を切断する。それくらいなら情けない私にもできるだろう。どうせ生きていても病院に閉じ込められ苦痛にのたうち回って惨めな死に方をするだけなのだ。ナイフで首を切断し、それで私はこの世から葬り去られる。あとは深い森に群れを成して生息している獰猛《どうもう》な野犬たちが跡形もなく始末してくれるだろう……。

私は、もう一度北原の面影を脳裏に浮かべてみた。あの精悍《せいかん》な男の顔貌を――。すると、不思議と死への恐怖も五十九年間の人生の空しさも薄らいでくるのだった。それがアイツの魅力なのだ。それがどこから発せられるのかは分からないが、彼はきっと人間の輝きというものを、この世に生を受けた時点ですでに背負っていたにちがいない。では彼の弱点は、と、思いを巡らせてみた。あれこれと考えてみるが、それが思い当たらない。強いて言えば、彼は運に見放されたということだ。それと、女性に人気がありすぎたことも、彼にとっては不運でしかなかったのかも知れない。

私は、ようやくベンチから腰を上げると、バーボンの蓋《ふた》をねじり開け、ホーム中央の由樹が倒れていた地点へ行き、そこにも琥珀《こはく》色の液体を振り撒いた。私が生涯をかけて愛したたった一人の女性――その魂を癒すために。長い年月、彼女の面影は私の心の中にずっと棲みついていたが、彼女を忘れさせてくれる女性など、ついに現れることはなかった。彼女が欲しかった。生きていて欲しかった。最初の頃はもう一度殺したいほど北原を憎んだ。しかし、由樹が生きていたとしても、果たして彼女は私と一緒になってくれただろうか。その確率はきわめて低い。いずれにしろ、遠くから密かに愛することが私に与えられた運命だったのだろう。それに、命の絶えた由樹は、もう誰にも奪われることはないのだ。私だけのものなのである。その由樹への愛に殉じたことが、私の生涯でたった一つの誇りであった。だが、今こそ彼女とも本当の永訣の時なのだ……。

そうしているところへ、大宮行きの埼京線下り電車が滑り込んできた。丁度良い時刻である。雪をうっすらと載せた車体の扉が開いて、乗客たちが散ってゆく。私はベンチに置いたバッグを手に取ると、

「なごりの雪か……無念だけど、君たちともお別れだな」

そう声に出して呟き、足早に混み合った車輛に乗り込んだ。

淑女の告白

1

午前零時の六本木――そこはまるで不夜城である。交差点の付近は酔客や客引きの若い娘の集団、それに河岸を変えようという客めあてのタクシーなどで混雑している。そんなところへ泥酔したグループが融合し、その中から一人の男が赤信号を無視して車道によろめきながら踏み込んだ。男は、森村岳彦《たけひこ》、三十八歳。次の瞬間、猛スピードで暴走してきたスポーツタイプの外車がクラクションを轟《とどろ》かせるが、それに気づいた時にはすでに遅く、岳彦はまともに跳ね飛ばされ三十メートルほど空中を舞って車道の中央に叩きつけられた。全身が衝撃に打ち砕かれほとんど即死の状態だった。身体は衣服に隠れているが、特に顔面はもはや人間の形相を成していない。まるでザクロの実のような朱赤色の血糊《ちのり》に覆われた肉片である。それはとても正視できぬほどの無残な姿であった……。

――ハッと、そこで私は目を覚ました。私は布団の中にいた。夢を見ていたのだ。夜光の壁掛け時計に目をやると、すでに午前二時を廻っている。隣の夫・岳彦の布団を見やると、いつの間に帰ったのか、彼は鼾《いびき》をかいて寝入っていた。私はその寝顔を虚無的な眼差しで見つめた。先刻の夢が、あたかも自分の願望ででもあるかのように……。

ベランダの窓硝子《ガラス》の高いところに、初夏の爽やかな青空がひろがっていた。その下を、隣の社宅の無機質な白壁が塞ぎ、その建物と手前の空地との境界線には、淡紅色や紫色の花弁を膨らませたアジサイが生垣のように立ち並んでいる。空地では、生い茂った夏草の上を、子供たちがサッカーボールを蹴って遊んでいた。その歓声が、時折、カラスの啼《な》き声に混じって聞こえてくる。——そんな窓の世界だけを眺めていると、とてもここが新宿区とは思えない。

最前から、午前の陽光を背中にうけた夫の顔が、じっとこちらに向けられていた。その表情は、逆光の翳《かげ》りよりもさらに暗くとげとげしい。

「そんなところを社宅の連中に見られたら、どんな誤解をされないとも限らんだろう。違うか？そういう注意力が、おまえには欠けているんだ。そうは思わないか」

黒縁の眼鏡の奥で、夫の神経質そうな眼が、私をねめつけている。その顔は、体型と同様にたぷたぷと贅肉がついて、その中にちんまりと、ちいさな目や鼻、唇が集まっていて、何か本能しかないネズミに似た実験動物のようだと、私は思う。

「そんなことを同僚から聞かされて、俺が呆気に取られた顔をしていたら、相手はどう思う。夫の体面、立場というものを考えたことはないのか、おまえは」

ようやく、私はしおらしげに頷いてみせる。

「——ごめんなさい。もう二度とそんな軽率なことはしません」

それでも夫の鬱憤はおさまらないらしく、蛇のような眼で私を見据えたままだ。

夫が、日頃から私をどこかで見下しているのは知っている。その軽蔑が、余計に夫を苛立たせているにちがいない。——でも、夫の怒りの本当の理由は、それではない。それは嫉妬と不安なのだ。私が男性の車で送られて帰ってきた、という事実が、夫のか細い神経を錯乱させているのだ。もし、私が去ってしまったら、こんな男に近寄ってくる女などいない。いくら東大出身で、テレビ局のエリートプロデューサーだといっても、肩書を剝がしてしまえば、ただの腹の出た若ハゲにすぎない。そんな男に寄りつこうというような奇特な女はいないだろう。それを本人も知っているからこそ、なおさら不安なのだ。

一昨日、新宿の街からの帰り道、私はかつて顔見知りだったフランス人青年に声をかけられた。彼は三年ほど前、私が結婚直前まで所属していたモデルクラブの男性モデルだった。お互いに懐かしさから挨拶を交わし、誘われるままに彼の車で社宅まで送って貰った。それを目撃した社宅の誰かがその夫に告げ口して、その人の口から社内に流れて夫の耳に入ったのだろうが、たったそれだけのことで、どうして朝から目くじらを立てられなければいけないのか。こちらの方こそ、夫の料簡の狭さにうんざりしてしまう。

「それで！」

夫が尖った声を張り上げた。

「え」

「本当に何もないんだな」

「何もないって……？」

「そのフランス人とだよ。本当に何もなかったんだな」

やっぱり、それか、と思わず胸の内で苦笑が洩れた。

「ええ、もちろん。ただ送って貰っただけなのよ」

私はわざと間の抜けたような調子で、おっとりと答えてやった。わけもなく、夫の神経を逆なでしてやりたい衝動に駆られたのだ。これって、イジメになるのかしら。

「それが本当なら、もっとシャキッと答えろよ！」

思ったとおりの反応が返ってきた。夫の声は、まるでヒステリー女のようにかん高い。

「――そうだわね」

私は愚鈍そうに頷きながら、お腹の底では笑いが止まらない。

「まったく！」

夫は吐き捨てるように言うと、あわただしく腕時計に目をやり、ダイニング・テーブルの椅子を蹴って、足早に玄関へと向かった。


夫が出勤してしまうと、私はいつものように朝食の後片付けに取りかかった。それが済むと、布団をベランダに干して掃除に洗濯とやることは決まっていた。仕事も子供も持たぬ女の、退屈な日課だ。でも、好きで家に閉じこもっているわけではない。私も英国のカレッジを卒業してから三年余りは、テレビのCMやファッション雑誌などのモデル業の傍ら、英国時代の語学力を生かし、幼児から小学生までを対象にした英語塾の講師を勤めていたこともある。モデルクラブでは、長身で顔には個性美があるということで仕事が途切れたことはなかったし、英語塾では私の発案でレッスンに英語劇を取り入れ、それが評判になって生徒の数も相当に増え、都内のあちこちに支部が誕生したほどだ。私は毎日が楽しくて仕方なかった。そんな私から、社会とのつながりの一切を奪ってしまったのは、夫なのである。夫の命令で、私は子供がいるわけでもないのに、3DKの社宅に籠の鳥にされてしまったのだ。

最初、私は夫が会社や社宅の人たちへの体面を考えているのかと思っていた。妻が目立った活動をしていては、社宅の主婦たちのやっかみを買うだろうし、ひいては夫の出世に影響しないとも限らない。なにしろ夫の頭の中には出世のことしかないのだ。今は課長待遇のプロデューサーだが、やがてドラマ部長になり、そして局長という階段が、夫の人生の設計図にはしっかりと刻み込まれているのだ。むろん、それには視聴率の良いドラマを作らなくてはならない。そのために骨身を削っているのは確かである。夫は連続ドラマを担当しているのだが、毎晩のように夜中まで収録につき合い、その後は自分から率先してスタッフや役者と飲み歩き、彼らへのサービスにも努めている。まだ四十前とはいえ、よく身体を壊さないものだと感心するほどだ。

しかし夫が私を籠の鳥にした理由は、出世欲だけではなかった。

社会的な活動の機会を断たれた私は、夫が朝帰りになりそうな日を選び、夜中過ぎまでライブハウスへ通うようになった。大好きなロックを〝生〟で聴くことだけが、私にとって唯一の気分転換だったのである。

ところが、ある日曜日の午後、私と夫が近くの喫茶店で遅い昼食を摂っていると、ライブハウスの店長が偶然来合わせて、私に親しく話しかけてきたのだった。夫はとたんに不快な顔をした。私が自分の知らぬ男性と顔見知りだということが、私が密かにそんな時間をもっていたということが、夫には許せなかったらしい。

普段、クラシックしか聴かない夫は、支離滅裂な理屈をがなりたて、ライブハウスもロックもそれを聴く私のことも好き勝手にけなし、以来、ライブハウス通いも禁じてしまったのだった。が、そんな夫の態度を見て、私ははじめて夫の本心が分かったのである。夫が私を籠の鳥にしたのは、出世欲や体面のためではなく、私を閉じ込めて、自分以外の男性と接触させないためだったのだ。何という小心、何という横暴だろう。しばらくは真剣に離婚も考えた。今だってそれが完全にふっ切れたとは言えない。

大体、私は詐欺に遭ったようなものなのだ。結婚した頃の夫は、今ほど太ってもいなかったし、髪の毛なども人並み以上にふさふさしていた。つまり、少なくとも今よりは凛々《りり》しく私の目に映ったのである。そうでなければ、いくらエリートだからと言っても、結婚などするはずがない。

だが、私の不満はそれだけではない。もっとも苦痛なのは夜の生活であった。さながら夫は怠惰な暴君なのである。私は、新婚旅行先のニューヨークで、初夜の晩から上にさせられたのだ。実際のところ、私はまだバージンだった。そんな私に、夫はあれこれと指令し、たっぷりとサービスをさせたのだった。夫が上になるのは、自分が果てるときだけ。以来、それは習慣のようになってしまい、今もってつづいている。

夫は独身時代、ソープランドの女しか知らなかったと洩らしたことがあったが、私のことも、ソープの女か妾《めかけ》くらいにしか考えていないにちがいない。

そんな夫に対して、今では理屈でなく、本能的な嫌悪感を抱いている。もともと心のつながりや、共通点を見出すということがないから、いつか拒否反応ばかりがつのってしまったのである。誰かに話せば、そこまで嫌っていながら、どうして離婚も別居もしないのかと、怪訝に思われるにちがいない。その人に向かって、私は、あっさりと答える。それは、エリートプロデューサーの妻、というブランドへの執着なのよ、と。夫に不満を抱きながらも、案外、割り切っている部分がなくもない。そこが女の器用なところともいえる。それに、私は五つの財布を持っているのだ。自分と夫それぞれの両親、そして夫。そのうち三つを失ってしまうのはあまりにも惜しい気がする。無聊《ぶりょう》の日々とはいえ、私がそれらの恩恵に浴しているのは事実なのだから。

実際、今の私にとって気晴らしといえば、お気に入りのファッションとメイクで自分を飾り、毎日のように買い物と称して、新宿の街に出かけることなのである。普段は、タカシマヤのパパス・カフェで好物のクラシックショコラを買い、伊勢丹のカフェ・リジーグでセレブ系のファッション誌を眺めながらティータイムを過ごし、その足でフルーツや朝食用のフレンチ・オ・レザンを買って帰るといったところだが、時には、夫には内緒で、大して欲しくもない高価な貴金属を衝動買いして、自棄のようになって散財してしまうこともある。もちろん、そんなことが出来るのは、自分を騙しながらも、夫との生活に甘んじているからなのだ。

完全に満たされている夫婦関係など、どこにもあり得ないにちがいない。私も今に、夫の組み立てた狭い檻の中に、次第に自分の居場所を求めるようになってゆくのだろうか、と半分諦めの心境で思ったりもする。しかしその反面、体の奥深いところから私の心を疼《うず》かせる不満が絶えず噴出しているのも事実である。それが、私に罪を犯させた原因なのだ。

2

午後になり、掃除や洗濯を終えた私は、とても家になど閉じ籠もっている気分になれなかった。それで、とびっきりのお洒落をして新宿駅へと向かった。今日の目的地は、私鉄の各駅停車に乗って二十分ほど行った所だった。そこに逢いたい人が住んでいた。私の〝男〟である。つまり、私は不倫をしているのだ。夫の抱いている不安は、決して根も葉もない邪推ではなかったのである。

彼の名は磯村修一といい、夫より六歳年下の三十二歳だった。二十八歳の私とは、年齢的には夫よりもずっとつり合いが取れている。彼と知り合ったキッカケは、なんと彼の深夜のイタズラ電話であった。それはもう半年近く前の冬のことだ。夫がスタッフたちと飲み歩き、私がいつものように独り寝をしている時に、その電話は掛かってきたのである。彼は番号を間違えたのだと謝ったが、すぐには切ろうとせず「ちょっとだけ、話をしてもいいですか?」と甘い声で私を誘ってきた。そのセリフから、これはいわゆるイタズラ電話なのだと瞬間に私は察知した。しかし、寂しさという心の隙間を抱えている私は、知らぬふりをして彼との会話を楽しんだのである。

「今、一人なの?」

彼がすぐに確認してきた。

「ええ」

「あ、お名前、教えてもらってもいいですか」

「智子です」

「ともこ、さんか、いい名前だね。文字は？」

「知恵の知の下にお日様がつくの」

「ああ、分かるよ。──それじゃ、お日様を浴びて、のびのび育ったんだろうね」

「ええ、身体だけは。身長が百六十八センチもありますの。ふふ……」

私は、鼻に抜けるような笑いを浮かべて言った。この声に、男性は弱いのだと、私は知っている。それからも彼は、「お仕事は？」とか「じゃ、結婚してるの？」「ご主人、優しい人？」「普段は、何してるの？」などと、まるで私の衣服を一枚一枚剝がしてゆくように、会話にからめて訊ねてきたが、私は少しも悪い気はしなかった。いつか私は、出身地から経歴、英国での思い出話、夫の職業や性格と、何から何まで喋り、気がつくとほとんど裸にされていた。

修一の職業は画家であった。といっても、まだ画だけではとても食べられないらしかった。世田谷の六畳一間のアパートに住み、一年の半分は深夜のガスの配管工事のアルバイトに費やし、残りの半年間を創作に充てているというのだった。

「画のことは、よく分かりませんけど、どんな画を描かれるの？」

私は訊ねてみた。

「人物なんだけど……正確には、人物とは言えないな」

「抽象画なの？」

「まァそんなところかな。——顔がないんだ」

「え？　人物なのに顔がないの？」

「そう、ペルソナっていうんだけどね、僕の画のすべてのタイトルは。僕はそればっかりを描いているんだ」

ペルソナ、というのは、ラテン語で〝仮面〟という意味なのだという。彼の画は、白と黒の油絵の具だけを使った髪の長い女性像なのだが、肝心の顔は真っ白なのっぺらぼうのようなものらしかった。顔の造作や表情は見る人の想像やその時の心境に任せるのだという。

私は、ただ漠然と想像してみるだけだが、真っ白な仮面の内側にさまざまな表情が隠されているというのは、どこか現在の自分にも通じるものがある、という気がしてならなかった。

「それにしても、ご主人、遅いんだね」

彼が言った。その声は、かえってそれを喜んでいる風であった。私は、タンスに背を凭《もた》せかけたままの姿勢で、壁の時計に目をやった。すでに朝の五時を過ぎていた。

「そうね。でも、いつものことだわ」

「寂しくは、ないの？」

「ううん、ちっとも。それに、今夜は独りじゃなかったし」

「僕も。——うっかり間違えて、よかったよ」

「間違えてくれて、ありがとう」

そう言って、私は、ふふっと、意味ありげな含み笑いを洩らした。

私と修一は、それからも毎日のように電話での密会をつづけた。電話をしてくるのはいつも彼の方であるから、いつベルが鳴るか予測はできなかった。夜中の時もあれば、一番安全な午後の時もあった。が、何時であろうと、夫がいなければ、私たちは最低でも二、三時間は受話器を置くことはなかった。大した話題などないが、互いに、相手の存在に触れているだけで満足なのだった。

修一も、イタズラ電話をしてくるくらいだから、さぞかし孤独な日々を送っていたにちがいない。それは私も同様である。いつしか彼からの電話は、私にとっても唯一の心の拠《よ》り所のようになっていた。だから彼から電話のなかった日は、ぽっかりと胸に穴があいたみたいで、夜もなかなか寝つかれなかった。彼からの電話がいつ鳴るか分からないから、新宿の街へ出る習慣も、いつの間にか途絶えてしまっていた。私は夫によって携帯電話を持つことを禁じられているので、家を一歩出ると彼が私を捕まえることは出来ないのだった。

そのうち、夫の帰宅の早そうな日は、昼間のうちに彼から電話がないと、たまらずにこちらからも掛けるようになった。そうなると、日に二度三度と掛け合うことがほとんど毎日のようになっていった。

最初のうちは、ほんの心の穴を埋めるだけのつもりで束の間の恋愛ごっこを楽しんでいた私だったが、彼の私を求める一途さと、夫を欺いているというスリリングな快感、さらに〝恋愛〟というものへの憧れなどがないまぜになり、次第に私を本物の恋愛の甘美な陶酔の世界へと迷い込ませていったのかも知れない。

そんな日々が二ヵ月ほどつづいた頃、電話を取るなり、修一の思い詰めたような声が飛び込んできた。

「逢おう。一度でいいから逢って欲しいんだ」

いつか修一が、そう言うだろうことは分かっていた。

「一度だけ？　一度だけでいいの？」

「ううん。本当はいつもいつも智子と一緒にいたいさ」

「実際に見たら、がっかりするかも知れないわよ」

ふふっ、と私は、いたずらっぽく笑った。

「そんなことはないさ、絶対に。俺の方こそ、心配だよ、智子に嫌われるんじゃないかって」

私たちはお互いの顔を知らないのだ。けれど、これまで電話によって昂《たか》められてきた気分が、顔を合わせたからといって空気のように呆気なく冷めてしまう、ということは絶対にないと確信を持っていた。

それから一週間が経ち、修一との約束の日が訪れた。私は修一と逢うために、久しぶりに新宿の街へと向かった。社宅を出ると、道の両端にはオオイヌノフグリの青紫色の可憐《かれん》な花びらが、すっかり春めいたやわらかな陽光をあびて無数に咲き誇っていた。

私が修一と待ち合わせたのは、新宿駅の中央東口にほど近い高級喫茶「田園」の地下であった。私がそこを選んだのは、もし仮に、彼が私のタイプでなかった場合、いつでも人込みに紛れて素知らぬ顔で抜け出せる、と思ったからである。

私は、三十分も早く店に着くと、客の出入りが見渡せる席に座って彼を待った。彼の方はこと細かに私の容姿を聞いていたが、私はほとんど聞いていない。期待しながらも不安はあった。

約束の時刻丁度に、一人の若い男性が階段を降りて現れた。私には、なぜかそれが修一だとすぐに分かった。長身で筋肉質の引き締まった体形をして、日に灼けた顔は彫りが深かった。片手にブルゾンを持ち、素肌に纏った白い綿シャツの袖を無造作にまくり、洗いざらしのジーンズを穿《は》いていた。その姿は、夫にはかけらとてない精悍な魅力に満ちていた。

私がじっと見ていると、彼も全く迷いを見せず、一直線に近づいてきた。そして私の前に立つと、

「智子？」

と微笑を浮かべて訊ねてきたのだった。私が思わず立って、「ええ」と応えると、彼は澄んだ目で私を見つめ、

「二人だけで話せる場所へ行こう」

と言うなり、私の手を摑んだ。

それから二十分後、私たちは西新宿の某シティー・ホテルの一室にいた。そのホテルにはデイ・タイム・ユースというシステムがあり、日中の二時間だけの利用が許されるということを、すでに彼はリサーチしていた。

私たちは、部屋へ入るとすぐに身体を合わせてキスをした。今までずっと電話で逢っていたせいか、少しも不自然な感じはなかった。それはベッドに入ってからも同じであった。いや、むし

ろめくるめく夢を見ていたような気分だった。彼は、女性の肉体《からだ》の悦ばせ方をすべて心得ていた。お陰で私は、廊下まで声が洩れるほど身悶え、髪をふり乱し、男の汗ばんだ背中に幾筋もの爪痕を立て、失神寸前にまで追い込まれたのである。ほんの短い時間なのに、私は幾度となく彼によって絶頂へと導かれたのだった。それは、この三年間、夫に奉仕することしか知らなかった私がはじめて体験する、すさまじい性の愉悦であった。私は、彼と肉体を一つにしながら、内心で快哉を叫びつづけていた。激しく律動する彼の肉の感触が、今この時、夫を裏切っているという自覚をさらに強め、その快感が私の肉体をますます鋭敏にしていったのである。

そして最後に残ったのは、燃え尽きたあとのけだるさと、憑きものが落ちたような爽快感だけであった。

3

私は修一のアパートの最寄り駅を降りると、歩き慣れた道を辿り彼の部屋へと向かった。駅から歩いて五、六分の住宅地にある彼のアパートは、焦げ茶色のペンキで塗られた木造二階建てで、彼の部屋は階段を上ったところの角だった。そこが彼のアトリエ兼住まいなのである。

私はドアをノックして返事を待ったが、彼の応答はなかった。私は合鍵を預かっているので、それで六畳一間のドアを開けてみた。すると案の定、修一は徹夜で絵筆を握っていたらしく、まだ布団の中だった。が、私は大人しく傍らに座って起き出すのを見守っているような聖母タイプじゃない。布団をめくると勢いよく修一の隣にダイブした。

「智子！」

驚いたように目を覚ました修一は、さっそく私を愛撫しながら洋服を剝しにかかった。

「また徹夜で描いていたの？」

「コンクールが近いからね」

「あんまり無理すると体に……ああ……！」

あっという間に私は全裸にされ、彼の強引な突入に言葉を失ってしまった。

彼の部屋は、油絵の具の変色を避けるために四六時中雨戸が閉じられていて、その暗い部屋の畳や机の上、壁など至るところに〝ペルソナ〟のカンバスが溢れ返っていた。その真ん中のわずかに空いたスペースに万年床がのべてある。そこで私と修一は、たくさんのペルソナに見つめられながら、いつものように互いの肉体をむさぼり合ったのである。私も修一も幾度となく果て、その合間には静かに囁き合い、裸のままずっと夕方まで布団の中で過ごしたのだった。

そしてその日以降も、私は〝買い物〟の時間を利用して、三日にあげず彼の部屋を訪ねる日々をつづけた。修一は、創作の乗り具合によって時間帯のはっきりしない生活を送っていたので、寝ている時もあれば起きてカンバスに向かっている時もあったが、私の姿を見ると、嬉々《きき》として私を抱きしめた。私たちは、ペルソナに見つめられながら真昼の情事に溺れたのだった。――それだけが、二人の世界であった。そして帰りには、私は新宿のお買い物コースを駆け足でまわり、朝食用のフレンチ・オ・レザンや高野のフルーツなどを買って帰宅した。夫の目をごまかすためのカモフラージュである。

私と修一は、逢った日も逢わなかった日も一日として電話が途切れることはなかった。一緒には住まなくても、実際には修一と生活しているような感覚であった。修一との不倫が生活のすべてで、夫は眠るために帰ってくる不意の闖入者《ちんにゅう》者のように影が薄く感じられた。といって、修一をどこまで愛しているか、ということになると、私にはさほどの自信はなかった。修一は、私が一日も早く夫と離婚し、自分と一緒になってくれることを望んでいた。私も、彼の男性としての魅力に惹かれているのは事実だが、けれど、地位も財産もはっきりとした将来性もない彼を、我を忘れて愛するなどということは、私には出来ない。恐らく私は、夫に対する目に見えぬ鬱憤の捌《は》け口として、夫以外の男性とのセックスを望んでいただけなのだと思う。

そんなある日のことだった。いつものように修一の部屋から帰った私に、一本の電話が舞い込んだのだった。季節は移り、いつかアジサイのふんわりとした花弁を長雨がたたく梅雨に入っていた。

電話の相手は、慶明大学病院の桜田という医師だった。慶明大学病院は夫が毎年一度、精密検査をうけている病院だった。会社でも年に一度は定期健康診断を行っているが、おざなりの内容であった。それで夫は自主的に大学病院での検査をうけているのだ。

医師は、その声からかなりの年輩と思われたが、口調にはどこか青年のような真摯な響きが感じられた。

「先日のご主人の検査の結果が出たのですが――一応ですね、これはご主人にはご内密に願いたいのですが……」

「――はい」

「その結果にですね、気になることがあるのです」

「気になると仰言《おつしや》いますと、何か……」

「ええ。こちらにお越しになって頂けないでしょうか」

「はあ……」

「電話では何ですから、とにかく、一度お越しください。その上でご説明しますので」

「分かりました。では明日、参りますので」

そう言って私は電話を切ったが、医師の言う〝気になること〟というのが見当もつかなかった。一体、何なのだろう。夫の身体に何が起こったというのだろうか。家族を呼ぶというくらいだから、何かしらの病気かも知れないが、病気にはまるで縁のない私には想像すら出来なかった。しかし、とにかく明日だ。今、あれこれと考えても仕方ない。そう自分に言い聞かせて割り切った。

そしてその夜も、夜中を過ぎたが、夫は帰って来なかった。またスタッフたちと飲み歩き、朝帰りになるにちがいない。別に、起きて待っているつもりはないし、夫もそれを要求してはいないので、何時になろうと構わない。私はただ、暗い寝室で布団に横たわり、眠くなるのを待つだけである。だが、その夜はいつもと違った。嫌な予感がした。その日は修一との情事をいつもより存分に楽しんだせいか、疲れ切ってもいた。それで、いくぶん精神も不安定だった。こんな日は決まって夢を見る。それも怖い夢が多いのだ。今日も夢の世界に引きずり込まれ、きっと、うなされるのではないか。そんなことを暗闇の底で思いながら、私は目を閉じたのだった……。

翌朝、私は医師に言われた通り、夫には昨日の電話のことは何も告げなかった。そして、いつものように家事を済ませると、新宿区内にある慶明大学病院を訪ねたのだった。

桜田という五十過ぎの医師は、がっしりとした体格をしていたが、篤実な人柄を感じさせるような優しい目を持っていた。

「わざわざ、恐れ入ります」

「こちらこそ、この度はお世話になります。あのう……」

「ええ。ご説明いたします」

桜田医師は、レントゲン写真やCTスキャンの画像などを私に示して喋りだした。

「実は、ご主人の膵臓に腫瘍が認められるのです」

「腫瘍、と仰言いますと？」

「私は、初期の癌だと判断しています」

医師は慎重な言い方をした。

「癌？　主人が癌なんですか？」

私は眩暈《めまい》を感じた。それは夫が癌だということがショックだったのではなく、そんな現実が我が身に降りかかったことに驚いたのだった。

「大丈夫ですか？」

「――はい」

「ショックは分かりますが、お気を強くもって下さい。それに、今の段階では、手術さえすれば手遅れという状態ではありませんので」

「じゃ、助かりますの？」

「ええ。発見が早かったのが、何よりだと思います」

「そうですか」

私は、つとめて安堵《あんど》の色を浮かべた。

「ですが、早急の手術が必要です」

医師は言った。

「はい」

「それで、ご主人には私の方から告知すべきか、奥様にお任せすべきか、その点を判断しかねまして、奥様においで頂いたわけです」

「それは私から、今夜にでも」

「そうですか。それでは手術のことも含めまして、今後のことをご説明しますので、二、三日中にもう一度、ご主人と一緒にいらして下さい」

「分かりました」

「それと、ご主人は心臓も、もともと弱いようですな」

「え――あ、はい」

そんなことを、夫から聞いた憶えがあった。

「いずれにしましても、過労は避けて、アルコールとタバコは今日から絶対に厳禁です」

「はい。申し伝えます」

まるで、夢の中を彷徨《さまよ》っているような気分であった。私は、おぼつかない足取りで病院を出ると、西日に照らされた街の歩道を歩き始めた。医師の言葉が、まだ遠くに感じられてならなかった。

しかし、普段は夫の健康になど注意を払っていないが、そう言われてみれば、最近は不健康な顔色をしているし、皮膚にも生気がないように思われた。朝、歯を磨きながら嘔吐するのが習慣のようになっているし、背中のあたりが痛いともよく洩らしている。それが癌だったとは……。

ふとその時、道路の斜向かいにある呉服屋の看板が目に入り、思わず私は足を止めていた。その看板に、自分の心がはっきりとオーバー・ラップして見えたのである。――医師に癌を告知された瞬間、私の脳裏にかすかながら顔をのぞかせるものがあった。それはずっと私の中に潜在していた願望ともいえた。癌の告知と私の願望が混沌《こんとん》と溶け合い、次第に形を成して、最前から私の無意識の領域で密かなハーモニーを奏で始めていた。その音色が、呉服屋の看板を見た途端、にわかに天をつんざくような激しい狂騒へと変わったのだった。

実現するかどうか、今のところ不確かであるが、ある計画が、私の中で確実に組み立てられつつあった。誰にも知られぬ〝未必の故意〟、つまり完全犯罪であった。

私は吸い寄せられるように道路を横切ると、呉服屋の暖簾《のれん》をくぐった。そして、顔に笑みを浮かべながら、口を開いていた。

「喪服を、仕立てて頂きたいの」

初老の女主人は、小柄な体に泥染めの大島を纏《まと》っていた。

「かしこまりました。今からですと、絽《ろ》にいたしますか？」

「いいえ。着るのはもっと涼しい時期になると思うから、羽二重にして頂戴。仕上がりも、ゆっくりでいいわ」

女主人は、ちょっと妙な顔を見せた。

「それと、近いうちに住所が変わるかも知れないの。それはその時に、また連絡しますわ」

「承知いたしました」

注文を済ませて街に出ると、ひとりでに足取りが弾んでいた。あとは、シナリオどおりに事が運んでくれることを、天に祈るだけだ。

4

家に帰ると、私はさっそく箪笥《たんす》の小抽斗《こひきだし》から、二枚の保険証書を取り出して眺めた。それは四千万円と三千万円の夫の生命保険で、もちろん両方とも受取人は私になっている。私は、七千万円の現金を両手に抱えているような気分に浸り、ひとりでにふふっ、と幸せの笑いを洩らしていた。でも、それがすべてではないのだ。それらの保険金が支払われる頃、私にはそれとは別に、その倍近い夫からのプレゼントが舞い込んでいるはずであった。

翌日になっても私の心は躍っていた。うれしくて、うれしくて、足はステップを踏み、体は空に吸い込まれてしまいそうな気分だった。その気分のまま、私は、遅い朝食を摂っている夫に慶明大学病院の件を切り出した。それは、私の今後のシナリオの〝起〟の部分、つまり発端とも言えた。

「あ、そうだわ。昨日、あなた遅かったから言えなかったけれど、慶明大学病院から連絡があったのよ」

「病院から？」

夫は、グレープフルーツを掬《すく》っていたスプーンを止め、怪訝そうな顔で私を見た。

「ええ。精密検査の結果が出たんですって」

「それを、わざわざ自宅にか？」

「局の方へ電話されたらしいの。でも連絡が取れなかったたって仰言ってたわ」

「うむ。デスクには滅多にいないからなァ。で？　検査結果のことで何か言ってたか？」

「残念ながら、診療の対象にあらず、ですって」

「ふーん」と言うなり、夫はスプーンを持った手で頰杖をつき、眉間に皺を寄せながら「今回は、何か引っかかると思っていたんだけどなァ」と独り言のように呟いた。

私は、夫のコーヒーカップにコーヒーを注ぎながら「そんなにご心配でしたら、もっと節制なさったら？」と、からかうように笑みを浮かべて言ってみた。

「ン？――うむ。しかし、異常もなくて自宅に連絡してくるのかなァ」

夫の表情には、まだ、かすかな不安が残っている。

「検査したままで、あなたが顔を見せなかったからでしょ？」

「まあな。近々、行こうとは思っていたんだけど」

「とにかく、健康が保証されたんですもの、私も安心したわ。来年も、忘れずに検査をうけて下さいね」

「ああ」

夫は納得したようにスプーンをうごかし始めたが、その手をふっと止めると、

「おまえ――」

と、私を見た。

「え」

「俺が病気になったら、俺なんか残して、さっさと離れて行くんじゃないのか？」

そう言う夫の目は、心なしか弱々しそうに見えた。

「嫌よ。あなたと離れたりするもんですか。あなたに万一のことがあったら、私、いっそ後追い心中しようかしら」

夫は、ちょっと驚いたような顔になった。

「あら、おかしい？　だって夫婦でしょ？」

「ああ――まあな。ま、そんなことにはならんけどな」

　それきり夫は、そのことには触れなかった。私は内心、やれやれと胸を撫で下ろした。これで最初の仕事は済んだ、と思った。が、その日、私はもう一つ嘘を吐《つ》かなければならなかった。相手は、慶明大学病院の桜田医師である。夫が近日中に病院を訪れなければ、桜田医師の方から夫か私のところに連絡がくるだろう。もし、夫の方に連絡され、夫が自分の病状を知ることにでもなったら、すべては水の泡である。とにかく、夫と医師が、この先接触しないよう計らねばならなかった。

　私は、夫が出勤すると、さっそく桜田医師に電話をかけた。そして、夫の希望で国立緑川病院に移ることになったと伝えたのである。そこには、夫の学生時代の親友が医師として勤務しているとも付け加えた。

　滅多にそんな例はないのか、最初、桜田医師は意外そうな声であったが、特に不快な様子もみせずに了承してくれた。

「病院の選択は患者さんの自由ですから、それはいっこうに構いませんが――で、緑川病院にはいつ行かれるのですか」

「はい。仕事の都合をみまして、なるべく早めにと思っております」

「早めにって――奥さん、そんな悠長なことを言っている場合じゃないんですよ」

「ええ。今日、あちらのお医者様に事情を説明いたしまして、私どもとしましては、明日にでも伺えればと話しておりますの」

「うむ。病院を移れば、また再検査ということにもなります。とにかく、急がれることですな」

「はい。そういたします」

受話器を置くと、緊張のせいで胸の谷間や背中がびっしょりと汗に濡れ、ブラウスが肌に張りついていた。しかし、それは爽快な汗であった。体中が火照るほどの歓喜のしるしともいえるのだ。これでもう私のシナリオを突き崩す者はいなくなったのだから。

私はすぐに第二の段階に入った。パソコンを開いてインターネットで新築の建売住宅を探し始めたのである。そして、めぼしい物件を見つけると、それらを何枚かプリントアウトして家を出、新宿駅から小田急ロマンスカーに乗って小田原へと向かった。

私は小田原駅を降りると、タクシーで市内の不動産会社へと直行した。私の探している物件は、小田原から新宿方面に向かって四つほど戻った駅、〝栢山《かやま》〟を最寄り駅とするものであった。行政区分では、栢山は一応、小田原市であるが、足柄上郡との境界近くであった。その位置が示す通り、駅周辺には建売住宅や駐車場などが眺められるが、駅から五分も歩くと田んぼが広がり、小川が流れ、その向こうにぽつんぽつんと家の点在するなだらかな山、そしてさらに背後には丹沢の尾根がまるで衝立《ついたて》のように立ちはだかっていて、とても一本の線路で都会と繋がれているとは思えないほどの、素朴な自然に溢れた、いわゆる田舎である。

そんなところを選んだ理由は、新宿方面へ向かう者にとって、その辺りが最も不便で新宿までの所要時間も長いからであった。もちろん急行電車など停車しない。だから、遠距離通勤する者の多くは、一つ先の開成《かいせい》まで各駅で出て、そこで急行に乗り換えるしかない。そう考えると、栢山はつくづく不便で疲れる駅であった。さらに自宅が駅から遠いとなればたまったものではない。

が、私が探している家の条件が、それなのである。そんな物件が見つかれば、私としては申し分なかった。

　残念ながら、その日は満足のゆく物件にはめぐり合えなかった。だが翌日も、その翌日も私は小田原に足を運び、不動産会社を廻った。夫が休日で家にいる日を除いては、毎日かならず出掛けた。

　お陰で、修一とは顔を合わせることはおろか、電話での交信もすっかり途絶えてしまっていた。夕方、家に帰ると修一からの無言の着信記録が何本も残されていたが、私はあえてそれを無視した。

　彼が嫌いになったというのではないが、今の私には、彼を受け入れる余地が完全に消失してしまっている。しかし、考えてみれば、もともと彼を愛して不倫に陥ったわけではないのである。彼の方はどう思っていようと、私にとってはほんの退屈しのぎのラブゲームでしかなかったのだ。だから、そのゲームに飽きて、それより他にもっと自分を夢中にさせるものが見つかれば、修一のことは煩わしくなり、切り捨てたくなるのは当然のことだった。

　家探しをはじめて二週間が過ぎた頃、ようやく妥協してもいいと思える、理想に近い家を見つけることが出来た。こんなに早く見つかるなんて、本当に私はラッキーなのだと思う。普通、家は一生の買い物であるから、その感覚からすると、二週間というのはずいぶん安易なのかも知れないが、所詮、一年も経たぬうちに売り払ってしまうのである。その時に少しでも高値のつく家であればよかった。

それでも、私の見つけた家は、決して安っぽいものではなかった。価格も五、六千万円台が多いその辺りでは破格の、一億に迫るものであった。第一に、眺めが良い。雑木林や畑の残る丘陵地の天辺にあり、庭から富士山の山容が一望に見渡せた。地下にはレンガで造られた車二台分のガレージがあり、その一段高いところに三階建ての白い建物が聳えていた。庭は広々として、現在はそこに芝の苗が市松模様を描いている。玄関ポーチから中へ入ると、玄関ホールは三階まで吹抜けだ。一階のリビングには大理石の飾り暖炉があり、二階と三階には三カ所ものウォークインクローゼットが設けられていて、北欧製のホワイトオークを使用したシステムキッチンやサウナ完備の浴室など、どこもかしこも贅が尽くされている。

そして何よりも、駅までが遠かった。車でも二十分は要した。まったく条件に文句はない。残る問題は、どうやって夫を納得させるかということである。買うこと自体に問題はないのだ。それは不動産会社の社員や保険の外交員から聞いて調査済みであった。——たとえば、頭金は多くても価格の一割であるが、そのくらいの貯蓄は充分にある。当然ローンを組むことになるから、売買契約の際に生命保険に強制加入させられるが、保険の審査には、会社での健康診断の結果通知表が通用する。それは一年前のものも有効である。それには、夫は立派な健康体と記されているはずだ。

しかし、のんびりとはしていられなかった。折角見つけた家が他に売れてしまっては台無しである。一日も早く夫を説得し、契約に漕ぎつけなくてはならない。条件に見合う家はそう滅多にあるものではない。それに何よりも、夫の病状が進行し、自覚症状が出てしまうのが怖い。とにかく、急がなくてはならない。

　私の中で、気に入った家が見つかった嬉しさと、早く契約を交わさねばという焦り——言ってみれば、喜びと不安がどうしようもなく増幅し、うなりをあげていた。この気分を鎮めるには修一に抱かれるしかないと思った。私は、すでに夕方だというのに途中下車をし、修一のアパートを訪ねてみることにした。私の留守中に夫が帰宅するかも知れないが、その時はなるようになれという心境だった。

　私は久し振りに修一の住む世田谷の駅を降りた。そして蒸し暑い微風に揺らめく街の中を歩いてゆくと、もう何年も来ていなかったように街の風景が懐かしく感じられるのだった。それは、今日を最後にもう二度と訪れることはないと、心のどこかで決めているからかも知れなかった。

　修一のアパートに着き、扉をノックしたが、返事がなかった。預かっていた合鍵でドアを開けると、部屋は真っ暗闇であった。部屋へ上がり、手探りで明かりのスイッチを点けたが、万年床にも彼の姿はない。どうやら、近くの食堂へ夕飯でも食べに行っているらしかった。

——あら、これは……？

　その時、イーゼルに架かっている制作途中のカンバスが私の目に入った。だが、そこにはペルソナではなく、私の肖像画が描かれているのだった。それは、初めて逢った日の、パステルカラーのシャネルスーツを着た半身像で、目元にほんのりと笑みを浮かべているものであった。私の脳裏に、くる日もくる日も私のことを想いながら、一心不乱に絵の具を乗せている彼の姿が思い浮かんだ。そこまで愛されているんだな、とは思ったが、嬉しいというより、ちょっと気味が悪かったし、彼が女々しくも思えた。お陰で、先刻まで私の深いところで疼いていたものは、まるで水を浴びせられたように冷めてしまった。そんな修一に抱かれる気にはとてもなれない。彼が留守であったことが、かえって幸運に思えた。だが、私にはもう一つ、彼を訪ねる目的があった。それは別れを告げることであった。しかし考えてみると、それは修一にとっては突然の衝撃である。それを言えば愁嘆場になるだろう。そんな厄介な思いをするのは趣味じゃない。律儀にそんなことを告げて嫌な思いをすることはないのだ。もうこのまま逢わなければ済むことなのである。そう思うと、私は一刻も早くこの部屋を後にしたくなった。

5

社宅へ戻ったのは、八時を廻った頃だった。夫が帰宅していた時のために、あれこれと言い訳を思案したが、家を見つけた嬉しさのせいか、まったく頭が働いてくれなかった。

社宅の前までくると、案の定、三階の我が家の窓には煌々《こうこう》と明かりが灯っていた。そしてそこから夫の好きなエルガーの「威風堂々」が大音量で外まで鳴り響いているのだった。それは、夫が機嫌の良いときに決まってかける曲であった。が、いつも隣近所を気にする夫にしては、音が大きすぎた。

——何事かしら……?

私は怪訝な思いで階段を上り、部屋へ入った。すると、夫は居間のソファーにふんぞり返り、ワインを呷りながら腕で大きくタクトを取っているのだ。こんな上機嫌の夫を見るのは、結婚以来はじめてのことであった。

「あなた、どうかなさったの？」

「よお、どこへ行ってたんだ。こんな時間まで」

「ごめんなさい。遅くなってしまって。あの——訳はあとでお話ししますわ」

「いいよ、いいよ。そんなことより、おい、同期で一番の出世頭だぞ」

「え」

「局長から今日、内示を受けたんだ。副部長だよ、副部長」

「本当ですの、あなた！　凄いわ。おめでとうございます」

ようやく私は合点がいった。それで祝い酒を飲んでいたのである。

「そしたら、いよいよ次は部長ね」

「ああ。その日も遠くはないぞォ」

夫は大声で叫ぶように言うと、高らかに笑い出した。その顎を外して笑っている夫を眺めながら、私はうんざりとした。まるで自分は偉大だと言わんばかりの傲慢な笑いが、私は以前からどうにも我慢ならないのだ。小心者の馬鹿笑いは傍で聞いていると腹が立つ。顔では祝福しても、内心では、たかが副部長に昇進したくらいでと、軽蔑せずにはいられない。が、その一方で、私は今だと思っていた。このおめでたい夫を納得させるまたとないチャンスである。私は夫にワインを注ぎながら、さりげなく切り出してみた。

「あなた、家が欲しいわね」

「家？　うむ。部長、局長となったら、いつまでもこんな社宅に住んでるわけにもいかんからな」

「家を買いましょうよ。ね、あなた」

「もちろん、俺だってそのつもりでいるさ、いずれはな」

「今よ、今。あなたなら副部長から部長はすぐだわ。そうしたら部下の方たちもたくさん訪ねてみえるでしょ？　そんな時のためにも今、買っておきましょうよ」

「本気なのか？」

「もちろんですとも。それに三十八歳といえば、もうとっくに家を持ってもおかしくない年齢でしょ？」

「うむ――」夫は思案顔でグラスを傾けた。「しかしなあ――そうは言っても、実際問題として、家を探すなんて暇はとてもないし……」

「そのことなんですけど、あなた、叱らないで聞いてくださいね」

夫は真顔で私を見つめた。

「実は、家はもう探してありますの」

「なんだって？」

私はバッグの中から栢山の物件の図面を取り出し、それを夫に見せた。

「どういうつもりなんだよ」

「最初は新聞のチラシに素敵なのがあったから、退屈しのぎに見学に行っただけなの。でも、だんだん面白くなって、とうとう新宿から小田原まで全部調べてしまったわ。だって、いずれあなたが昇進すれば、私たちにとっても現実の問題なんですもの。だから気を利かせたつもりなのよ。分かってくださるでしょ？」

「それで、今日もこんなに遅かったのか」

「ええ。今日ようやく気に入った物件にめぐり合えたの。そうしたら、あなたの昇進でしょ？何か因縁があるとしか思えないわ。そうでしょう？」

「しかし――頭金はどうするんだ？」

「それは一割でもいいのよ。でも、ローンを軽くするためには、お義父様に援助して頂いたらどうかしら」

「親父に？」

「ええ。遺産の先渡しという形にして頂くのよ。副部長になったんですもの、お義父様だって喜んで出してくださると思うわ」

「それは、まあな」

「素晴らしい家よ。それが、あなたのものになるのよ」

「うむ」

それからしばらく、夫は酔眼を図面に落としていた。そんな夫を私はじっと見守った。そして、やがて夫は、

「たしかに、栢山まで行くと、この値段でもさすがに豪華だなあ」

と洩らした。

「そうでしょう？」

「しかし、栢山というのは、遠いよなあ」

「それはそうですけど、私達の力で買えて、しかも人を迎えても恥ずかしくない物件は、そこまで行かないとなかったのよ。それは小田急線を全線、足を棒にして見て廻ったんですもの、間違いないわ」

「そりゃあ、暇にまかせてせっせと廻ったんだろうから、信用するけど。しかし遠いなあ」

「近くにももちろんあるわ。でも、その値段だと狭くて安普請のところばかりよ」

「だろうな」

「近くで立派な家に住むなんて無理なのよ。ある程度のランクの家となったら、どうしても通勤の不便は仕方ありませんわよ」

「それはそうだが……」

「慣れてしまえば何でもないことよ。大勢の人が、あなたよりも早い時間にみんな通っているんですもの。箱根から毎日通勤している人だっているらしいわよ」

「それは五時に会社を出られる連中の話だ」

「でも、その分あなたは朝がゆっくりなんだし、夕方は、少しお酒を控えて頂ければ良いのよ。そうでしょ？」

「飲みたくて飲んでるんじゃない。そんなことも分からんのか」

「ごめんなさい。それは充分に分かっているつもりよ。でも副部長になったんですもの、もう、そろそろおつき合いも控えていいんじゃありませんの？　良い仕事をしていれば文句を言う人もいないと思うわ」

「待てよ」

「え」

「栢山か――良いかも知れんぞ」夫の目が輝いた。「たしか局長もそっちの方だったなあ。そうだ本厚木だ」

「あら、そう。お近づきになれて嬉しいわ」

「そうじゃない。つまり、局長の近くにいれば将来のために何かとプラスになるってことだ。いずれは引き立てて貰わなきゃならんのだから」

「そうよ。きっとプラスになるわ」

「とにかく、まずは現物を見てからだな」

「そうですわね。ただ人気のある稀少物件だから、のんびりはしていられないの。今度のお休みに一緒に見に行ってくださらない？」

「ああ。分かったよ」

　翌々日の土曜日、すでに夫の両親から援助の約束を取りつけた私たちは、物件を見るためにロマンスカーで栢山へと出掛けた。その車中では、「やっぱり遠いなあ」とぼやいていた夫であったが、家を見ると、さすがに顔をほころばせた。そしてすっかり満足した様子で、建物の内部を詳細に見て廻るのだった。

その日、見学に来ていたのは私たちだけではなかった。休日とあって、他にも数組の家族連れが入れかわり立ちかわり訪れた。それが功を奏したのだった。夫の心に気に入った家を取られまいという焦りが起こったのだ。その焦りに、私があれこれ言って拍車をかけたのは、むろんのことである。その甲斐あって、結局、私たちはその日のうちに申込金を払い仮契約を済ませたのだった。そしてその数日後には頭金を払い、不動産会社と正式契約を交わすと、保険会社の審査もかるくパスし、とんとん拍子に事は運んだのである。あとは予定通り、今度の夫の休日に引っ越しを済ませるだけとなった。そのために、私は連日荷造りに精を出していた。

そんなある午後、私は修一からの電話をうけた。というより、うけてしまった。

修一が毎日のように電話を掛けてきていたのは知っていた。だが引っ越してしまうまでは居留守を決め込もうと思い、相変わらず留守番電話にしていたのだ。しかし、このところ不動産会社や引っ越し業者などからの電話が入るので、留守番を解除していたのである。

修一は、相当に思い詰めた様子であった。

「どうしたんだよ、ずっと連絡もくれないで」

「あら、そうだったかしら」

私は、わざとしらばっくれた。

「智子、正直に言ってくれないか」

「何を正直に言えっていうの」

「何をって——いくら電話しても留守だし、顔も見せないし、どう考えてもおかしいじゃないか」

「そうかしら」

「何があったんだよ。はっきり言ってくれよ。俺のこと、嫌いになったのか」

「ねえ、私、今忙しいの」

私は苛々してきた。

「一体、どうしちゃったんだよ、智子」

「どうもしないわ」

「今日、今から逢おう。俺が新宿へ出てもいいからさ」

「いいえ。ほんとに忙しいのよ」

「じゃ、いつなら逢えるの？」

「悪いけど、もう逢うつもりはないわ。もう終わりにしましょ？　ううん、もう終わったのよ」

私は面倒臭くなって、そう答えた。修一はいっとき、絶句していたが、

「何だよ、それ。ひどいじゃないか、理由も言わないで。ちょっと待てよ、智子。そんなのないだろ？　俺が何をしたっていうんだよ」

と、怒りに震える声で言いつのってきた。当然であろう。それだけに私には答える言葉がなかった。といって、今更まことしやかなつくり話で許しを乞うというのも厄介だ。逃げるしかな

いと思った。その途端、気がつくと電話を切っていた。そしてそのまま留守番のボタンを押し、その後、何度ベルが鳴っても無視しつづけた。ベルの向こうから、修一の怒りの声が聞こえてくるようであった。が、どんなに恨まれようと、あと数日の辛抱なのだ。あと数日で私は別世界にいる。そうすれば、彼のことを思い出すこともないだろう。そう思い、私は荷造りのつづきに没頭したのだった。

ところがその晩、修一は私の意表をつくような行動に出たのである。酔って家まで押しかけて来たのだ。夜の八時頃だったが、乱暴に玄関のチャイムが鳴らされたので、怪訝に思い声をかけると、

「智子、俺だよ、開けてくれよ」

という修一の呂律《ろれつ》の乱れた声が返ってきたのだった。恐らく、昼間の電話がショックで、どこかで酒を飲んで来たのであろう。幸いに、夫はまだ帰宅していなかったが、こんな場面を目撃されたら何もかもおしまいになってしまう。早く追い返さなければと、私は焦った。

「帰って頂戴。主人がいるのよ」

私は、脅しのつもりでドア越しに言ってみた。しかし、

「いいじゃないか、呼んで来いよ。何もかも話してやるよ」

と、酔った修一はすっかり興奮して叫んだ。

「警察を呼びます」

「何だよ、それ。そんな問題じゃないだろ。そうだろ？　一体どうしたんだよ、智子」

「何も聞く気はありません。帰らないのなら、あとは本当に警察に頼みますから」

そう言うと、修一は黙ったが、その代わりに、ドアの外から荒い息遣いが伝わってきた。そして次の瞬間、いきなりドアが思いきり蹴飛ばされた。

「ひどいじゃないか、おまえ。ひどすぎるじゃないか。あんまり馬鹿にするんじゃないぞォ」

修一は大声で叫ぶと、今度は「畜生……畜生……！」と吐き捨てながら、悔しそうにすすり泣きをはじめた。そして紙か布のようなものを二、三度引き裂く音がして、それをドアポストから力まかせに落とし入れると、乱れた靴音を響かせて階段を降りて行ったのだった。その足音が、下の路地に届いた頃、ようやく私は玄関に落ちている丸められたカンバスを拾い上げた。広げてみると、それは修一の私への愛の証しともいえる、例の私の肖像画なのだった。私は板張りの床に跪《ひざまず》き、それをジグソー・パズルのように繋ぎ合わせてみた。すると、微笑んでいたはずの顔が、折り皺によって今にも泣かんばかりの表情にゆがんでいるのだった。それはまるで、近い将来に訪れる、自分の運命を占っているようにも見えた。

6

引っ越しは予定通り、無事に終わった。夾竹桃《きょうちくとう》の紅色の花弁を炎陽が灼きつける、七月末である。

あれ以来、修一からは電話はなかったが、また掛けてきた時のために、あえて移転先の番号案内は控えた。といっても本気で私を探し出す気になれば出来ないことではない。彼は夫の会社を知っている。ちょっと頭を使えば電話一本で調べのつくことである。が、いくら憎らしくても、あるいは、いくら惚《ほ》れていたとしても、そこまで〝逃げた女〟に拘《こだわ》りはしないにちがいない。

新居で私を待ちうけていたものは、気が遠くなるほどの退屈な日常であった。栢山には新宿のように暇潰しに出掛ける街はない。むろん知人もいない。ここにあるのは静寂に包まれた大自然の景色だけであった。私は新居を磨き上げたり、庭の花壇にサルビアやペチュニアを植えたりして毎日を過ごした。しかし、私にはちっともそれが苦痛ではなかった。私には〝待つ〟という目的があるのだ。やがて確実に訪れる〝Xデー〟を待つことは、いかなる贅沢よりも私の心を豊かで充実したものにしてくれた。

それにひきかえ、夫には片道二時間半という通勤地獄が待ち構えていた。覚悟していたこととはいえ、最初一回だけ訪れた下見の時の感覚と、毎日通って得る感覚には計り知れないほどの差がある。まして真夏である。もともと心臓が弱く、しかも病巣の潜む身体には、それだけでも呻きたいほどの苦痛であったにちがいない。

夫は十時出勤であった。そのためには家を七時半に出なければならない。駅前の月極駐車場まで車で行き、栢山駅を七時五十九分の各駅に乗り、開成駅で八時一分の急行に乗り換える。それで行くと代々木上原に九時四十三分に到着し、そこから千代田線に乗り換え、十時までには赤坂にあるテレビ局に入れるのである。帰りは、新宿でスタッフたちと飲むことが多く、そんな日は新宿を二十三時四十二分の最終の快速急行に乗り、新松田で各駅に乗り換えて、家に着くのは一時半頃であった。

引っ越してひと月もすると、酒がまずい、とこぼすようになり、頰のあたりもげっそりと痩せてきた。顔色も青黒くなり、素人目にも病状の進行が見て取れた。出来るだけ飲む機会を減らそうとしているようであったが、立場上そういうわけにもいかず、どうしようもなく疲れた時には新宿のカプセルホテルに泊まり、そこから出勤するようになった。

休日は本来、週休二日制なのだが、秋からの新番組を抱えている夫は、土曜日も出勤することが少なくなかった。その追い込みで今は特に忙しいのだが、それが終わりさえすればのんびりとしたローテーションに戻れるのだった。その思いがあるからこそ、現在の苛酷な状況にも耐えているといった風であった。

そんなある日のことだった。私の密かなたくらみや、これまでの努力が木っ端微塵に粉砕されるような事件が起きたのである。慶明大学病院の桜田医師が電話をしてきたのだった。桜田医師は、外来で訪れた夫の同僚から夫が入院していないことを聞きつけ、不審を抱いたのである。

「一体、どういうおつもりなんですか？　国立緑川病院の方へは確かに行かれたんでしょうなァ」

「ええ──はい。ただ、もうすぐ今の忙しい仕事が終わると申しておりまして、そうしましたら……」

「奥さん、何度も申しますが、呑気なことを言ってる場合じゃないんですよ」

「はい」

「緑川病院では、仕事されることを許可しているんですか」

「え――ええ」

桜田医師は、釈然としないといった調子で大きく溜息を洩らした。

「ところで、家を買われたそうですな」

「――はい」

「ということは、保険に入られたのですね？」

「え――ええ」

「どうもおかしいですなァ」

桜田医師は独り言のように呟くと、とにかく一刻も早く夫を病院へ連れて行くようにと言って電話を切った。

私は完全に追い詰められた。桜田医師が夫に連絡を取れば何もかもおしまいである。そればかりか、私は夫殺しの魂胆を見抜かれ、慰謝料も貰えずに離縁されてしまうにちがいない。もし仮に、桜田医師が夫に連絡を取らなかったとしても、夫が死ねば遅かれ早かれ桜田医師はそれを知るだろう。するとどうなるか。まず、家を買うために加入した生命保険は無効となる。それだけではない。国立緑川病院へ夫が通っていないことも彼は突き止めるにちがいない。いくら仕事が忙しいからといって癌に冒された人間が病院へ行かないはずがない。必然的に妻である私が隠していたということがバレるだろう。そうなると、未必の故意が発覚し、私は保険金を得るどころか、助かる人間を見殺しにしたことで刑務所行きになるかも知れない。といって、今さら夫に病状を告げることは出来ないし、もはや計画を放棄するつもりもさらさらない。ならば、どうするべきか。

熱風のような不安と焦燥の中で私は必死に思案をめぐらした。が、そうするまでもなく、すでに答えは出ていたのであった。

――桜田を殺すしかない――。

それしか結論はなかった。

私は意を決すると、某デパートの進物サロンの者と名乗って慶明大学病院の事務局に電話をし、桜田医師の住所を聞き出そうとした。が、思った通り、担当者は渋った。今時そんな個人情報を簡単に入手するのは無理だろう。しかし私は、クール便なので早急に配送する必要があると粘ってみた。すると相手は、内線電話を使って桜田医師本人から許可を得てくれたのだった。患者が世話になった医師に御礼の品を贈ることは珍しいことではない。桜田医師も大方そのたぐいだと踏んだのであろう。彼の住所は、東京都八王子市堀之内という所であった。ネットで検索してみると、そこは八王子市のはずれである。最寄り駅は京王線の京王堀之内で、家はそこからは一キロほど離れた田んぼや山林の残る地域であった。その辺鄙《へんぴ》さが私には救いだった。身を隠して待ち伏せるのに都合が良い。とにかく時間がないのだ。原始的な荒っぽい方法でやるしかなかった。私は、家にある包丁と金槌《かなづち》を準備した。夜、自宅に近づいた桜田医師を金槌で背後から襲い、倒れたところを透かさず滅多打ちにして息の根を止める。――それが私の思い描いた襲撃計画だった。

しかし、今日すぐに実行できるというわけではないのだ。夫に悟られてはならない。確実に夫が遅くなる日か、あるいは外泊する日を選ばなくてはならなかった。が、それまでに桜田医師が夫に連絡を取らないという保証はどこにもない。そう思うと、私は身を捩《よじ》るような不安に襲われた。夫が会社にいる間は気が気でなかった。夫と桜田医師の聞こえぬ声に包まれているようで、それが絶えず耳鳴りのように私の神経を打擲《ちょうちゃく》した。そして夫が帰宅すると、恐る恐るその顔色を窺うという毎日だった。

ところが四日後、そんな私に神は僥倖《ぎょうこう》を与えたのである。それは、夫が今夜は疲れたからカプセルホテルに泊まる、と新宿の居酒屋から電話をかけてきた翌朝のことだった。私はいつもより遅めに起きて、リビングで新聞に目を通しながらコーヒーを飲んでいた。今日も夫が外泊するなら、今夜こそ桜田殺害を……と、決意を固めていた。その時、ふと、新聞の社会面の片隅に〝医師、殴殺される〟という見出しがあるのに気づいたのである。まさかと思いながらも、私は新聞を引き寄せていた。そして次の瞬間、その予感が誤りでなかったことを知らされたのである。それは以下のような内容だった。

『二十六日午後七時四十分ごろ、八王子市堀之内の京王堀之内駅前にあるタクシー乗り場で、中年の男性が若い男三人に殴られて死亡した。この男性は、持っていた免許証などから慶明大学病院の医師桜田洋造さん（五四）と判明した。目撃者によると、桜田さんはタクシーを待っていたが、順番待ちの列に酔った三人が強引に割り込んで来たため、彼らを咎めたところ、それに腹を立てた三人が桜田さんに殴る蹴るの暴行を加えたという。桜田さんはすぐに救急病院に搬送されたが、内臓破裂などで間もなく死亡した。警視庁八王子署の調べによると、犯人はいずれも二十歳前後の学生風で、桜田さんを殴った直後に現場から走って逃げ去ったという。目下、八王子署で三人の行方を追っている。』

私は自分の目を疑った。こんな幸運があっていいのか。この事件は、まさに典型的な人格者の悲劇である。それにしても桜田医師は運の悪い人だと思った。三人の男に殺されなかったとしても、いずれはもう一人の殺人者に待ち伏せされる運命にあったのだ。

私は思わず「私に代わって、先生を殺してくれた人に、心から感謝するわ」と、胸の内で呟いていた。とにかく、これで私は殺人者にならずに済んだのだ。手を下さずして、前途を塞いでいた巨岩が消えてなくなったのである。そう思うと、私は何とも言えない幸福感に包まれ、笑みに染まった顔で「ふふふ、ふふふ……」と、ひとりでに笑い出していた。その私の背に、

「何が、そんなにおかしいんだ」

という夫の声が、不意に投げかけられた。驚いて振り返ると、朝の電車で帰って来た夫が、すっかり憔悴した顔で立っているのだった。

「あら、お帰りなさい。――何でもないの。新聞の漫画を読んでいただけなのよ」そう言って、私は台所に立った。「今、お食事の用意をするわね」

「飯はいいよ」

「あら、食べないの？　体に毒だわ」

「食欲がないんだ」

「じゃ、お味噌汁だけでも」

「――うむ」

夫は疲れ切った体をソファーに落とすと、新聞を読み始めた。そして社会面のところまで来ると、その一点に目を止めた。桜田医師の記事に気づいたにちがいない。

「おい」

「はい」

「例の慶明大学病院の医者は、桜田っていう名前じゃなかったか」

「さあ、お名前までは憶えていないわ。それが何か……」

私はとぼけて言った。

「いや、それならいいんだ」

夫は頓着する風もなく、別の記事に目を移した。彼もはっきりとは記憶していないようである。

その時、インターホンのチャイムが鳴った。

「何かしら……」

新聞の勧誘員か何かのセールスだと思ってモニターを見ると、相手は宅配便だった。

玄関に出てみると、荷物の差出人はいつかの呉服屋であった。中身は喪服であろう。引っ越しする直前にここの住所を知らせておいたのである。

着払いの代金を払い、配達員が去ると、

「呉服屋？　何なんだ」

いつの間に来たのか、夫が荷物を覗き込んで怪訝な声を上げた。

「この間、頼んでおいたのよ」

「喪服じゃないか」

夫は配達伝票を見るなりそう言うと、手早く梱包を解き、中味を開いた。そして、あからさまに嫌な顔をした。

「何だってこんなものを――」

「だって、今までのはもう古くなったし、それに、あなたが偉くなればそれだけ着る機会も増えると思って」

夫はじっと気味悪そうに喪服を見つめていたが、そのうちくるっと踵を返すと、

「俺、寝るから」

と、寝室のある二階へ上がって行った。

「あなた、お味噌汁は？」

「もう、いいよ」

そう言った刹那、夫はふっと足を止めて振り返ると、思い出したように私に告げるのだった。

「今夜は打ち上げで帰れないからな。局でホテルを取ってくれたから、そこに泊まる」

「そうなの。分かりました」

夫の番組もようやく収録が終わり、その打ち上げ会が行われるのである。それは収録が終わった時の恒例行事であった。中華レストランなどでスタッフや役者と賑やかに立食パーティーを楽しむのだった。

私は、これで夫も当分は楽になるのだろうと、その時は、そんな程度にしか思わなかった。

が、その翌日の昼前であった。我が家の電話が喧《かまびす》しく鳴り響いたのは――。夫だと思って受話器を取ると、相手は夫の上司の部長であった。

部長は神妙な声で告げた。

「奥さん、大変なことになりました。ご主人が昨夜、ホテルで亡くなられました」

それは意外にも早い夫の死の知らせであった。

私はすっかり動転した様子を演じ、とりあえず着の身着のままで、夫の遺体が収容されているという東京都監察医務院へ駆けつけた。それが夫への最後の奉仕だと念じながら。そして、そこで部長の訥々《とつとつ》とした口調で事の次第を聞かされたのである。それによると……。

今にして思えば、パーティーが始まりスピーチをしている頃から夫の顔には苦渋が滲んでいたという。誰もがはっきりと異変に気づいたのは、スピーチを終えて周囲からビールを注がれている時だった。その辛そうな表情に「救急車を呼びましょうか？」という声もあったが、夫はそれを断り、一人でホテルまで歩いて帰った。

ホテルのフロントの話では、ホテルに着いた時にはすでに真っ青な顔をしており、額には脂汗が光っていた。フロントで部屋のキーを受け取ると、壁につかまりながら、おぼつかない足取りでエレベーターに乗ったが、その時点では、フロントマンは夫が酒に酔っているものと勘違いしたらしい。その後のことは状況からの推測だが、ようやく部屋に辿りついた夫は、部屋に入って扉を閉めた途端、そこで心筋梗塞の発作を起こし、その場に倒れ込んだものらしい。夫は俯《うつぶ》せで、キーを手に持ったまま床に倒れていたのである。

そして今朝、同じホテルに泊まったスタッフが声を掛けたが返事がないので、フロントマン立ち合いのもとでドアを開け、遺体を発見したというのであった。すぐに救急車が呼ばれたが、すでに死亡していたため、警察の管轄になったのである。

会社側は、夫の死について激務による過労死という見解を取った。しかし、夫の死の本当の原因が、癌で衰弱し切っている肉体に無理な通勤が追い討ちをかけたものだとは、むろん、私しか知らないことである。

7

それから半年の月日が流れ、再び草萌《も》える春が訪れた。

あの時、夫は警察によって変死として扱われたため、司法解剖に附されたが、その夫の亡骸《なきがら》を見せられた時にはさすがにショックを受けたものだ。鼻孔に綿を詰められ、お棺の中に白装束で横たわっていた彼の死顔は、もう思い出したくもない。その死顔は四六時中頭から離れず、私を罪の意識で苛んだ。私は罪滅《つみほろ》ぼしのつもりで、それまでタバコなど吸ったことはなかったのに、夫がカートンで買っておいたタバコを取り憑かれたように一日中吹かしつづけたりした。私は弔問客に対しても、近所の悔やみの言葉をかけてくる人々に対しても、夢遊病者のように映ったにちがいない。事実、私の精神のバランスは完全に壊れかかっていた。昔の友人が私を元気づけるためにと連れて行ってくれたロックのコンサート会場でも、突然倒れて意識を失うし、電車に乗っていて自分の駅に近づいても座席から立ち上がることが出来ず、前に立っている乗客の手を借りたこともあった。その頃から友人に勧められ、精神科へ通ってセラピストの世話にもなった。そんな噂が友人たちや世間、保険会社や夫の会社の人々にも知れ渡り、誰の目にも私は夫の死に憔悴した哀れな未亡人に見えたにちがいない。が、それは私にとってこの上ない幸運な苦痛であった。ある日、訪ねて来た保険調査員は、私の顔を見るなりすっかり同情し、夫の持病や癌に気づく前に調査を打ち切ってしまったし、会社からは退職金のほか驚くほど多額の弔慰金を提示してきた。もちろん、そこには過労死を世間に公表されては困る、という口封じの意図があったことは知っている。現に後日、黒塗りのベンツで焼香に訪れた社長も、過労死という言葉さえ使わなかったけれど「社といたしましても特例の扱いで出来得る限りの誠意をもちまして」とか「何分、穏便に」などという言葉を、声を潜めるように幾度となく口にしながら、戦々恐々という様子で私の顔色を窺っているのだった。私は内心、噴き出したくなるほどのおかしさをこらえ、それでも無表情に徹し、さらに威嚇してやった。それは私の自己保身でもあったし、心の底では威嚇してさらに弔慰金を吊り上げてやろうという欲も働いていたのだ。

そんな一方で、私は夫の葬儀で集まった香典を全額、心臓病で苦しむ患者を収容している都内のさる高名な病院に寄付したのだ。それを一部のマスコミが取り上げたのがきっかけで、それはたちまち話題となり、私は世間の単純な善人たちから心優しき美談の未亡人という目で崇められた。私は完全に世間を味方につけることが出来たのである。そうこうしているうちに、最近では、夫への罪の意識もさっぱりと消え、私の心も平静を取り戻し、精神科なんかにも通う必要はなくなった。

さて、これからどうしよう。家のローンの残りは保険金で完済した。それでも私には、億単位の現金とあり余るほどの時間、私名義の豪邸、そして何といっても人並みはずれた美貌が残った。資金を投じて女性実業家という手もあるし、折角つかんだ美談のイメージを利用して議員に打って出るというのも悪くない。最初は地道に区議会、市議会あたりから始め、将来はもちろん、とても頭がいいとは思えないタレントやスポーツ選手でも務まる参議院……。とにかく、私が欲しているのは知性だけでも美貌だけでもなく、その両方を認められ、その上、誰からも尊敬されることなのだ。

でも、夫が死んだばかりですぐ実行に移すというのは危険だ。世間の阿呆な連中が一転して妬みを抱くかも知れないし、眼のある人間に本心を見抜かれないとも限らない。それでは今までの苦心のパフォーマンスも逆効果である。とりあえず、傷心を癒すためとか何とか言って昔懐かしいロンドンやニューヨークへ旅行し、精々優雅に遊んで来よう。遊んでいるうちに社長椅子や赤絨毯よりももっと華やかな〝道〟が見えてくるかも知れない。世の中なんてどこに幸運がころがっているか分からないものだ。

数日して、私はさっそくスーツケースに荷物を詰め込んで家を出た。行先はもちろん、成田空港だ。考えてみると、飛行機に乗るのは新婚旅行以来である。もう四年間も飛行機に乗っていなかったのだ。そう思うと、私の結婚生活は何と味気無いものだったのだろうと、あらためて痛感させられる。本当によく耐えたものだ。

空港までは新宿から成田エクスプレス一本であるが、栢山まで引っ込んでしまうと、それに乗るまでが遠い。ここからだと新宿まで出るだけでも苦痛である。こんな不便な所から毎日二時間半もかけて通っていたのだから、夫が命を縮めたのも無理はない。——急行の停車駅である開成駅のホームに立った時、私はつくづくそれを実感した。でも、それももう過去のことだ。遠い遠い過去のことである。

そんな風に思えるほど、私の心は浮き立っていた。

待つこと十分。ようやく新宿行きの急行電車がやって来た。私はほっと溜息を洩らした。新宿まで、あと一時間半の辛抱である。

そう自らに言い聞かせた時だった。ふっと背中に空気の圧力のようなものを感じたのである。

——何かしら……？

振り返ろうとした瞬間、いきなり私は誰かに背中を突き飛ばされた。刹那、私はスーツケースもろとも線路に落下していたのだった。電車がけたたましく急ブレーキを響かせながら、線路に落ちた私の眼前に迫っている。

——逃げなければ！

そう思い、ホームに駆け戻ろうと身を起こした時、そこに懐かしい顔が見えた。修一だった。どうしてそこに修一がいるのか分からないが、彼が放心したような表情でホームに立ち、じっと私を見下ろしているのだった。

——何故……？

私には、どうしてこんな目に遭うのか、修一が何故そんなことをするのか理解できなかった。が、そう思った一瞬の間が、私を激しい闇の中へと引きずり込んで行ったのである——。

私はハッと目を覚ました。そこは、深い闇の底であった。私は布団に横たわっていた。

——ここは何処……？

闇の中を目でまさぐりながら、まだ頭の中は混乱している。自分が何処にいるのかもはっきりとしない。息苦しい胸で幾度となく深呼吸を繰り返してゆくと、次第に目が闇に慣れ、ようやくここが社宅の寝室であることに気づいた。

——なんだ、夢だったのか……！

私は朦朧とした意識の中でようやくそれを悟った。どうやら、独り眠っているうちに仮想現実に引きずり込まれていたようである。お陰で、額にも胸にもぐっしょりと汗をかいていた。

ふっと、隣の夫の布団に目をやると、やはり夫の姿はなかった。壁の夜光時計は、二時を廻っている。今夜も仕事の仲間と飲んで朝帰りになるにちがいない。

それにしても、何という夢を見たのだろう。夢とはいえ、夫を殺したことで、ほんの少し、私は気が咎めた。が、その理由を裏付けるようにかすかな記憶がおぼろげに蘇った。昨日の桜田医師からの電話である。慶明大学病院の桜田という医師から呼び出しを受けたのは確かだし、そして最近、夫の顔色が悪いのも、背中のあたりが痛いと言っているのも、急激に痩せてきたのも事実であった。それがこんな夢を見させたのであろう。

が、何はともあれ、この嫌な汗を悪夢とともに一刻も早くシャワーで洗い流したかった。夫への罪の意識からか、頭が重く、気分はひどく憂鬱であった。熱いシャワーを頭から浴びて何もかも綺麗さっぱりと忘れたかった。修一のこともわずかに気になったが、彼は現実にはそんなことをする人間ではない。それは私が一番よく分かっている。私は、勝手にそう決め込んだ。そして、ようやく布団から身を起こすと、暗闇の中を浴室へと向かった。ところが、浴室の明かりを点け、その内へ一歩入った途端、私の全身は金縛りにあったようにその場に凍りついてしまった。恐ろしいものがそこにいた。鏡の中から、ネグリジェを着た般若《はんにゃ》が、うすら笑いを浮かべながらじっと私の方を見つめていたのである。私は思わず、心の中で呟いていた。

——なんで私、笑ってるの?……ふふ。

執炎<ruby>しゅう<rt></rt></ruby><ruby>えん<rt></rt></ruby>

1

歌舞伎座を出たのは、まだ午後四時前だった。

倉本謙策《けんさく》が娘の亜香里《あかり》に目をやると、彼女はまだ興奮の余韻から覚めきっていない。今日の演目は歌舞伎十八番の一つ『勧進帳』である。それを選んだのは、亜香里が弁慶役を演じる十代目松本幸四郎の熱狂的なファンだからであった。亜香里は終始、目を輝かせて幸四郎の演技に見入っていた。そんな娘に頬をゆるめながら、倉本も思わず舞台に引き込まれた。前半部に用意されたクライマックス、「安宅の関」での弁慶と富樫が丁々発止のやり取りをする山伏問答は見応え十分で、弁慶の見せる見得も圧巻だが、最後の飛び六方で花道を引っ込むところはまさに歌舞伎の〝華〟を感じさせた。

亜香里は高校生の頃から、当時は市川染五郎であった幸四郎に憧れ、ファン歴は十年近くになる。今年二十六歳を迎え、ようやく結婚相手も見つかり、その祝いも兼ねての歌舞伎見物であった。婚約者の石堂英輝《ひでき》も背が高く端正な顔立ちで、幸四郎と似ていなくもない。彼女は理想の相手を射止めたのかも知れなかった。亜香里の結婚式は六月と決まったが、すでに両家公認で世田谷区代沢の賃貸マンションで同棲生活を開始していた。だから倉本が娘の顔を見るのは久しぶりのことだった。

倉本は、これから銀座四丁目の百貨店へ行き、亜香里に婚約記念の宝石をプレゼントしようと考えていた。ダイヤの指輪はすでに婚約者から貰っているので、彼は自分の好みでエメラルドのネックレスをと決めていた。それからレストランに入り親子水入らずの夕食を摂るというのが今日の予定であった。が、四丁目の交差点までは歌舞伎座から晴海通りで一本である。二人の足でも五、六分といったところだ。まだ時間も早いし春の陽光も心地よい。そこで倉本は、すぐ目の前の三原橋の交差点を右折して、昭和通りを宝町方面へと向かってのんびりと遠まわりをすることにした。

昭和通りは退社時刻も迫って交通量も多く、広い歩道にも買い物客やサラリーマンが溢れていた。倉本は、銀座二丁目付近まで歩いたところで交差点を左折し、銀座マロニエ通りに入り込んだ。

「夕飯は三越のステーキでいいよな」

倉本は隣を歩く亜香里に声をかけた。

「そんな豪華なものでなくていいわよ」

亜香里は笑顔を浮かべて言った。

「遠慮するんじゃない。こうやって二人で食事をするのも今日が最後になるかも知れないんだから」

「寂しいこと言わないでよ。いつでも時間を作るから」

「結婚したら父親のことなんか忘れるさ」

「そんなことないって」

「いや。それでいいんだよ」

「たまには顔を出してお食事くらい作ってあげるわよ」

「分かった。じゃあ、今日はその前お礼に俺がご馳走するから」

「あまり高級な所はかえって落ち着かないわ」

「ハハハ……、まったくお前は貧乏性だな」


倉本は、幼い頃から娘には贅沢をさせてこなかった。母親のいない娘に甘くなるのが世の父親の常だが、彼は娘の将来を慮《おもんぱか》って心を鬼にした。いずれ自分がこの世からいなくなり、その時、生活に困窮した娘が辛い思いをしないようにという彼なりの親心だった。青年とは貧しいものである。もしも豊かであるなら、それは親の脛《すね》かじりか特異な生活をしている者に限られる。貧しい生活の中でも精神的な豊かさを十分に見出すことができる人間であれ、というのが倉本の教育方針の根幹にあった。それでもむろん、一社会人として恥ずかしくない程度の一般教養を身につけさせることは忘れなかった。

倉本は二十七歳の時から三歳の亜香里を男手一つで育ててきた。今の会社に勤め始めて間もなくの頃、同い年であった妻の弘美がパート先のスーパーの若い男子店員と密かに不倫をし、その挙句に二人で出奔してしまった。弘美の浮気は初めてではなかった。過去にも複数の前科があった。だから彼には妻の居所を探す気力など起こらなかった。勝手に記入した離婚届を区役所に提出し、親子夫婦の縁を断ったのである。それからは亜香里を保育所に預けて仕事に邁進し、夜は安アパートで亜香里とたった二人だけの暮らしを送った。一緒に食事をし、風呂で身体や髪を洗ってあげ、お喋りをしながら毎晩眠りに就いた。そんな日から二十余年が経ち、現在五十歳となった彼は、会社では専務の地位を得ていた。

倉本が勤める「ドーバー貿易」は、渋谷区に五階建ての自社ビルを持つ中堅どころの商社である。社名は創業時に、英国からスコッチウイスキーを輸入していたことに由来している。現在では欧州だけでなく米国や豪州からもウイスキーやワインなどを仕入れて会社は拡大した。最初、倉本はトラックによる配送係として入社したのだが、入社直後に当時の社長に社長室まで呼ばれた。一介の運転手を社長がなぜ呼ぶのか、倉本は訝《いぶか》しい思いで社長室のドアを開けた。すると社長は、倉本の履歴書に目をやりながら「君は旭川青蘭高校の出身なのかね」と訊いてきた。

「はい。中退ですが」

「うむ。実は私も青蘭高校のＯＢなんだよ」

倉本は驚いた。こんな大都会で北海道の母校の先輩と遭遇するとはまさに奇遇である。社長はつづけた。

「元青蘭生にトラックの配送などさせてはおけない。今に事務所の方へ移ってもらうから、少しの間だけ配送で辛抱して貰えないか」

「ありがとうございます」

倉本は社長の申し出に素直に感謝した。

倉本の通っていた旭川青蘭高校は、北海道でも屈指の進学校だった。東大などの一流大学への進学率も高い。その能力を生かせる職種に異動させると社長は約束してくれたのだった。その言葉通り、倉本は一カ月後には配送部から営業部に配属され、そこでの努力が認められて十年後には営業推進部長の椅子が与えられ、それからさらに七年後に専務へと昇格したのだった。

そうして仕事に奮闘する傍ら、倉本は娘亜香里の教育にも手を抜かなかった。大学も東京で唯一の国立の女子大に進学させた。その後、亜香里は西新宿の超高層ビル内にある大手新聞社系列のカルチャーセンターに入社し、そこの経理部に勤めて三年後の昨年、スクールの書道講師を務める女性の紹介で、彼女の息子の大学時代の友人である石堂英輝と知り合ったのである。そして、二人は互いに一目惚れをして婚約に至ったのだった。石堂英輝は現在二十八歳だが、私立の名門W大学を卒業し、日比谷にある日本を代表する映画会社の本社に勤務している。彼の仕事はテレビドラマを制作する部門のプロデューサーであった。人品骨柄いやしからざる好青年ではあるが、お坊ちゃん育ちで両親の言いなりになっているらしいところが玉に瑕《きず》だった。が、娘を愛してくれるならと採点も甘くなった。彼の父親の石堂誠一郎は御年五十七歳だが、その若さで一流商社M物産の副社長の座にある。いずれは社長に就任するという噂もあり、政財界では知らぬ者はない大物だ。渋谷区松濤《しょうとう》に自邸を構えているが、婚約者の英輝は長男なので結婚したら亜香里もその家に入るという段取りになっている。高級住宅地の若奥様におさまるのである。叩き上げの倉本は、娘の幸福な未来に思いを馳せて心底から喜んだ。

倉本と亜香里は、銀座マロニエ通りをしばらくそぞろ歩いた。ビルや店舗が立ち並ぶ通りを四丁目方面へ向かっていると、ふと一軒の画廊が倉本の目を引いた。ビルの一階にあり、焦げ茶色のレンガ造りで、大きなガラス張りの洒落た建物だった。ビルのテナントを示す表札には「銀柳画廊」と隷書体のプレートが嵌め込まれていた。

「素敵な画廊ね」

倉本の視線に気づいた亜香里が言った。

「ちょっと入ってみるか」

倉本は亜香里を誘ってみた。絵画に関心の深い彼は、娘の新居の壁を飾る爽やかな色彩の画でもあればと思ったのである。できればエメラルドからビリジアンまでのさまざまなグリーンの諧調をなしている新緑の風景画が欲しかった。そんなものを探していれば夕刻までの時間潰しにもなる。そう思い、ガラスの自動ドアを入ると、高い天井の店内の壁には、風景、人物、抽象などの油彩画がジャンルを問わずに整然と展示されていた。

奥の木製の机に座っていた五十代の店主が、腰を上げ、

「どうぞ、ごゆっくりご覧ください」

と人の良さそうな笑顔で応対した。

倉本と亜香里は広い店内を別々に見てまわった。倉本が緑に溢れた高原の初夏の風景画に見とれていると、背後に立っていた亜香里が、

「私に似ている……」

と唐突に呟いた。

倉本が振り返ると、亜香里が見ていたのは、髪の短い愛くるしい顔立ちをした女性の肖像画

だった。それは二点あり、正面から描いたものと横顔だった。一方は深い森を背景に、もう一方はコバルトブルーの蒼穹を背に受けてはち切れんばかりの笑顔を浮かべている。どちらもF８号の作品で、値段はそれぞれ六十万円とあった。

「プレゼントしてくれるなら、私、この画が欲しい」

倉本は近寄ってみた。何か不吉な予感がした。画の下のプレートを見ると、その作者は仲尾淳一という男で、タイトルは『まどかの肖像』と書かれていた。途端に倉本の目が険しくなった。

「駄目だ、こんな画は――誰が買うものか」

倉本は吐き捨てるように言い放った。その剣幕に亜香里が驚いて父を見上げた。

倉本は、その画の作者とモデルを知っていた。もうはるか昔のことであるが、倉本にとってその二人は、忘れたくとも忘れることのできない存在だった。特に画家の仲尾淳一に対しては、今になっても折に触れ、怒りが沸々と込み上げてくるほどの憎しみを抱いていた……。

2

仲尾淳一は、その昔、旭川青蘭高校時代の倉本の担任であった。当時、三十代半ばだった仲尾は、美術教師の傍ら、いまだ鬼気迫る形相でカンバスに向かい一流画家への夢に燃えていた。彼には子供はないが年の離れた若い妻がいた。仲尾は痩軀ながら百九十三センチという長身であったが、妻のまどかは百五十三センチと小柄であった。夫婦の相思相愛ぶりは学内でも有名で、放課後、学校の近くまでまどかが仲尾を迎えにきて、背丈の極端に違う二人が寄り添って帰る姿がしばしば目撃された。その姿を写真部のある生徒が望遠レンズを使って隠し撮りし、同級生たちにバラ撒いた。倉本が手にしたのは、まどかのバストショットの一枚だった。まどかはショートボブの髪で黒目がちの童顔の美女であった。人妻というよりも、仲尾の妹のように思えた。倉本はまどかに密かに恋をした。そしてスケッチブックに何枚もまどかの肖像画を描いたのだった。

彼は中学時代に北海道内の中学生を対象とした絵画コンクールで金賞を獲得したこともあった。彼の画は、緑あふれる北海道の広大な耕地や森、山並みなどを描いた自然豊かな風景画であった。それは多くの者が素材とするポピュラーな構図だが、彼の作品は他の生徒と較べて独特の色彩感覚が際立っていた。だから彼も、将来は画家を目指すほど画にのめり込んでいたのである。

倉本は最初、まどかへの淡い恋心から描き始めたのだったが、その完成度を高めるために想像を加えて全身像に挑戦し、さらにそれは裸婦像へと発展していった。まどかの童顔に豊満な乳房や細密なヘアまで描き加えた。そしてある放課後、誰もいなくなった教室で生徒たちのスケッチブックを点検していた仲尾が、それを発見したのだった。克明に描かれた数々の妻の全裸像を—。仲尾は嚇怒した。狂ったようにそれらを破り捨てた。そして倉本に「お前の美術の通信簿には、この先ずっと『1』しかやらないからな」と宣告したのだった。

倉本の高校は、オール「2」なら進級も卒業もできるが、「1」が一科目でもあると三年間真面目に通っても留年か退学なのだった。倉本は反省し、それからは真剣に風景画などに取り組んだ。しかし、仲尾は頑として許さなかった。通信簿は「1」のままだった。倉本は一年生で落第し、その次の年もまた落第を重ねた。このまま通いつづけても卒業できないことが決定づけられたのである。が、仲尾の報復はそれだけでは終わらなかった。倉本が所属していた美術部の部室に飲みかけのウイスキーの瓶が隠されているのを発見した彼は、何の根拠もなくそれを倉本のものと勝手に決めつけ、職員会議で倉本を悪質な非行少年と訴え退学に追いやったのである。倉本にとっては身におぼえのないことであったが、いずれにしろ自分は卒業できる見込みのないことを知っていたので、その決定に従ったのだった。貧しい母子家庭に育った倉本は、今さら他校への再入学も許されず、旭川青蘭高校を追い出されると、単身上京して十七歳の社会人となったのだった。が、学歴も技能も知己もない彼は上京しても職には恵まれず、二十ヵ所近いブラック企業を転々とした。借りていた二畳一間の安アパートにも帰れぬほど酷使され、休みなく働いても給料は雀の涙だった。そんな過酷な労働に喘ぎ、命の危機に瀕したことも一度や二度ではなかった。辛いのは体だけではなく、孤独も彼を悩ませた。彼は強欲で薄汚い大人たちの中でボロ雑巾のようにこき使われる少年Aでしかなかった。夢も友人もない生活、貧困、そして死と隣り合わせの激務は彼の精神をも破壊した。今でこそ認知されているが、彼はパニック障害に陥っていたのである。彼は激しい不安に襲われ、まるで心はムンクの〝叫び〟のようにいつも怯えきっていた。しかし働かねば飢え死にするだけだ。医者にも行ったが、どこでも「風邪だ」と診断された。彼は市販の風邪薬を持ち歩き、一日に何度もそれをのみ下しながら若い肉体を虐《いじ》めつづけたのだった。現在の会社に拾われなければ、彼の生命はとっくにこの世から葬られていたにちがいない。そんな不運のおおもとの原因を作った張本人が、仲尾淳一なのである。

3

その夜、世田谷区梅丘の自宅マンションに帰った倉本は、インターネットで仲尾淳一を検索してみた。あの男がどういう経緯で、地方の一高校教師から銀座の画廊に作品を置くほどの一流画家に変身したのか、その謎を知りたかった。

パソコンの画面に仲尾の鮮明な写真が現れた。それは高校教師であった三十代半ばの頃の全身像だった。その顔を見ていると、倉本の脳裏に高校時代の苦い記憶が蘇り、憎しみが燃え上がった。高校中退から三十三年の月日が経っても、それは変わらない。彼の経歴に変わりがないように、怨みも一生涯消えることはないのだ。

倉本は、仲尾のプロフィールに目を這わせた。

『仲尾淳一。一九五五年、北海道旭川市生れ。現在六十九歳。東京藝術大学卒業後、道立旭川青蘭高校に美術教師として赴任するが、三十六歳で渡仏。その二年後、パリの少女フランソワを描いた肖像画『フランソワの憂鬱』によって第三回パリサロン展で最高賞のセゲナ賞を受賞。日本人では初めての快挙と絶賛された。その後帰国し、現在は妻の故郷である群馬県に居を構え、主に肖像画を中心に旺盛な創作活動を展開している』

とあった。

三十六歳で渡仏ということは、倉本が学校を去った直後のことである。もう少しの辛抱で彼は中退を免れていたことを知り、その運命の悪戯に腹が立った。それにしても、と倉本は思った。俺がブラック企業でこき使われ苦悶に喘いでいた頃、こいつはコンクールで大賞など獲り、夫婦で人生の絶頂を謳歌していたのだ。許せない。やはり今になっても怨念を消すことはできない。何とか復讐してやりたい。しかし今、自分には愛する娘亜香里がいる。しかも彼女にとっては人生で最も大事な時なのだ。口惜しいけれど耐えるしかないのか。自分さえ我慢すれば亜香里には幸せな未来が待っているのだ。馬鹿な真似をして彼女の一生を台無しにしてはならない。——そう彼は念じた。

その日の深夜だった。さっき銀座で一緒にステーキを食べたばかりの亜香里が、血相を変えて訪ねてきたのである。彼女は興奮していた。いや、半狂乱だった。婚約者の石堂英輝が一方的に婚約解消を告げ、マンションを飛び出して松濤の実家に帰ってしまったというのだった。

「お父さんの責任よ」

亜香里は、まるで挑むような眼で言い放った。

「俺の？　一体、どういうことだ」

彼女によると、石堂家が興信所を使って倉本家の身辺調査をし、倉本が高校中退であることを嗅ぎ付けたというのだった。どうやら、それが破談の理由らしかった。

「どうして高校ぐらい出てくれなかったのよ。高校中退ってことは中卒よ」

亜香里は目に涙をためて言いつのった。倉本は一瞬、言葉を失った。しかし、

「興信所とは何だ。卑怯じゃないか。それも今頃になって」

と怒りにまかせて息巻いた。

「一応、確認したかったのよ」

「ふざけるな。俺はそんな真似はしてないぞ」

「あちらは一流の家柄だから仕方ないのよ」

「何が一流だ。親が東大出身だか何だか知らんが、やることが陰険じゃないか」

「そんなこと言ったって、お父さんに学歴がないのは本当なんだから」

「学歴がどうした。学歴などなくても俺は人並み以上に頑張っているじゃないか」

「そんなこと通用しないのよ」

「通用しない？」

「そうよ」

「……」

そこで倉本は、またも言葉に詰まった。亜香里のその一言で、今までの苦労も彼女に注いできた愛情も、何もかも否定されたような気がした。

「結婚するのはお前なんだ。親の学歴など関係ないはずだろう」

倉本は、ようやくそれだけ言った。しかし亜香里は、

「そういうわけにはいかないのよ」

と泣いている。その娘を見て、倉本はまたも怒りが湧いた。

「親の学歴で断ってくるような相手なら、最初から結婚なんかしない方がいいんだ」

「勝手なこと言わないでよ」

「そんな奴らと親戚づきあいなどできるか。お前だってたとえ結婚しても幸せになんかならなかったよ」

「それはお父さんの勝手な言い分でしょ。私とお父さんは違うのよ」

「何が違うって言うんだ。一緒に生きてきたじゃないか」

「それでも違うのよ。たとえ親子でも違う人生を生きてきたんだから」

「……」

倉本は完全に言葉を失った。三歳から必死で育ててきた娘からそんなセリフを聞くとは思わなかった。娘が他人に思えた。一流大学を出したが、それは今まで自分を見下してきた高学歴の他人たちと同じ人種にするためだったのか。俺の人生はいったい何だったのか、と倉本は情けなくなった。亜香里はたった一つの心の拠り所だった。そう思って育ててきた。その娘に他人呼ばわりされたのだ。彼は暗い落とし穴に落とされたような衝撃を受けた。

亜香里は、しばらく泣き喚いた後、まるで魂の抜けたような顔で腰を上げた。

「私、帰る」

「今夜は泊っていったらどうだ」

「嫌よ。帰るわ」

「じゃあ、送っていくよ」

倉本も思わず立ち上がった。

「来ないで……一人になりたいの」

娘は父を拒絶した。倉本は黙って見送るしかなかった。

亜香里の代沢のマンションは、倉本の家から赤堤通りを東に十五分ほど歩き、環七通りを渡ればすぐだった。深夜といってもさほど暗いわけでもない。夜風にあたればいくらか気分も落ち着くだろう。彼女も子供ではないのだ。一人で心の整理をつけたいのかも知れない。——不安ではあったが、倉本はそう自らを納得させた。

4

その晩、倉本はウイスキーを一杯喉に流し込んで布団に入った。が、なかなか寝つかれなかった。やはり亜香里のことが気がかりだった。今、どんな心境でいるのか。早くあんな男のことは忘れて元気になって欲しい。今夜はもう眠りにつけただろうか……。考えれば考えるほど不安がつのった。電話を掛けようかとも思ったが、先程と同じような沈んだ空気が流れるだけだと思い、我慢した。

闇の中に電話のベルが鳴り響いたのは、すでに午前二時をまわった頃だった。倉本はまだ眠りに落ちていなかった。彼は亜香里からかと思い、すぐに受話器を取った。

「亜香里か？」

即座に呼びかけたが、相手は聞いたことのない若い男の声で、

「倉本さんのお宅ですか？」

と訊ねてきた。

「倉本ですが……」

「倉本亜香里さんのご家族の方ですね」

「はい。私、亜香里の父親ですが」

「こちら北沢東警察署の者ですが、すぐにS大学病院までお越し願えますか」

「警察？　警察って、娘に何かあったんですか」倉本を急激な不安が襲った。「一体、どういうことですか」

「倉本亜香里さんが二時間ほど前に交通事故で亡くなられたのです」

倉本は絶句した。

「亜香里が？　そんな馬鹿な……！」

「バッグに入っていた免許証で身元が判明しまして」

相手は淡々と乾いた声でつづけた。

「とにかく、大至急おいで下さい。もう検視も終わっていますので」

「……」

倉本は着の身着のままでマイカーのハンドルを握り、世田谷区内にあるS大学病院へと向かった。亜香里が死んだ、という実感は不思議と湧かなかった。警官の事務的な報告だけでは事態が全く摑めなかった。免許証で身元を特定したというが、本当に被害者は亜香里なのだろうか。そんな疑いさえ抱いていた。しかし、病院の遺体安置室で亜香里の遺体と対面した倉本は、それを認めざるを得なかった。そしてそこで初めて〝悲しみ〟の感情に襲われたのである。亜香里の遺体の損傷は激しかったが、その顔を見間違うはずはなかった。倉本は亜香里の傷だらけの頬を両手で包み、「亜香里……亜香里……！」と、名前を呼びながら号泣した。そんな倉本に北沢東署の中年の刑事が、事故の模様を簡単に説明した。それによると、亜香里は昨夜十一時半ごろ、環七通りの側道から本線に飛び込み大型トラックに撥《は》ねられたのだという。即死だった。トラック運転手の証言からも、自殺の可能性が高いというのだった。

「そんな馬鹿な。娘が自殺なんて……！」

倉本は絞り出すような声で言った。

「とにかく調書を取らせていただきたいので、これから署までご同行願えますか」

刑事はあくまでも冷静だった。

それから三十分後、倉本は北沢東署の交通課で事務椅子に座らされていた。まだ悪夢の中にいるようで茫然自失の状態だった。そんな彼に、交通課の係長と名乗る男がパソコンを操作しながら色々と訊いてきた。

「お嬢さんは昨日、事故当時はお一人だったんですかねえ」

「そのはずですが、なんで……」

「いや、誰かの手が加わったってことも考えられますので、一応……」

「誰かに突き飛ばされたとでも言うんですか」

「いえ。その可能性もないとは言えないということです」

「そんな馬鹿な」

「どんな可能性も疑ってかかるのが警察の仕事ですから、お気を悪くしないで下さい」

「……」

「ところで、お嬢さんは生命保険には……？」

「誰かが保険金を狙って……ということですか？」

「まあ。ありえないことでは……」

「娘はまだ保険には入っていなかったはずです」

「そうですか。これは後で調べればわかることだから、いいとして……最近、仕事か何かでトラブルを抱えていたというようなことはなかったですか」

「聞いていません」

「では、何か個人的なことで悩んでいたというようなことは」

「……」

倉本の心は、まるで胸を弓矢で射抜かれたように震えた。それこそ亜香里は悩みの真っ只中にいたのだ。昨夜の……いや、ほんの数時間前の半狂乱の亜香里の形相が脳裏に蘇った。

「何か心当たりがありますか」

「実は……」

倉本は今さら隠しても警察は嗅ぎ付けるだろうと観念し、婚約を解消されたこと、その事実だけを簡単に伝えた。

「あ、それだな」

係長はパソコン画面に目を向けたまま、まるで難問を解いた学生のように快活な声で言い放った。

「まず、それでしょう」

「しかし、確かに悩んではいましたが、うちの娘はそんなことで死ぬような弱い子では……」

「ご家族はみんなそう仰言るんですよ。でも、発作的に、っていうこともありますからねえ」

「……」

倉本は無言で首を垂れた。

5

警察から亜香里の遺体が戻り、通夜、葬儀と慌ただしかった。倉本はすっかり憔悴し、会葬者への挨拶もうつろだった。会葬者の中に婚約者だった石堂英輝はおろか、石堂家の人間の姿は誰一人としていなかった。献花さえなかった。倉本は、石堂家に怒鳴り込んで鬱憤を晴らしたかったが、娘が哀れになるだけだと自らを制した。

葬儀から五日ほどして彼は会社に出た。しかし、仕事にはならなかった。デスクに突っ伏して泣いているだけであった。亜香里の面影が絶えず目に浮かび、自然と涙が湧いてくるのだった。彼は肩を震わせて溢れる悲しみと格闘した。そんな彼を見て、先代社長の息子である現在の社長が、休暇を取るようにと諭してくれたのだった。

それからの倉本は、自宅マンションで昼間から酒に溺れるようになった。酔うと余計に辛さが増すのは分かっているが、飲まずにはいられなかった。亜香里が生きていれば、きっと叱られたことだろう。が、その彼女がもういないのだ。

倉本は数日間を泣き暮らしたが、ある日突然、

「畜生！」

と、グラスを壁に投げつけた。一体誰の責任なんだ。亜香里を死に追いやったのは誰なんだ、と酔眼の奥で考えた。そして亜香里の自殺の原因をじっくりと辿り始めたのである。すぐに倉本の脳裏にある人物の名前が浮かんだ。しかしそれよりも、やはり婚約を破棄した石堂英輝と一度は対峙せねばならぬだろうと思った。彼の真意を確かめずにはいられなかった。

その翌日、倉本は石堂英輝がプロデューサーを務めるT映画の本社を訪ねた。それは地下鉄日比谷駅のすぐ近くにあった。

T映画の社屋を入ると、すぐ目の前にエレベーターが二基並んでいた。その中央の壁の表示板に「テレビ制作部」が三階であると書かれていた。彼は三階のボタンを押した。

テレビ制作部のオフィスに入ると、見覚えのある英輝はちょうどデスクで電話中であった。倉本が近づくと、英輝は一瞬、驚いたような顔をしたが、「ちょっと待ってくれ」という風に手で

制してきた。二、三分立ったまま待たされた後、電話を終えた英輝は「こちらへどうぞ」と倉本の前を足早に歩き出した。倉本はその後に従った。

倉本が通されたのは、誰もいない会議室だった。英輝は自動販売機の前に立つと、

「コーヒー、紅茶、緑茶……どれにします?」

亜香里への悔やみの挨拶もなく訊いてきた。

「何も要らん」

倉本は憤然と応えた。

「じゃあ、ま、どうぞ」

二人は、どちらからともなくパイプ椅子に座った。

「葬式に行けなくて済みませんでしたね。ちょうどロケが入っていて」

英輝はようやく言い訳を口にした。

「いつでも線香の一本ぐらい上げに来られるだろう」

「なかなか敷居が高くて」

そう言って、英輝はバツ悪そうに笑った。

「そんなことより、君は私が中卒だという理由で亜香里を捨てたそうだが……」

「捨てたなんて、人聞きが悪いですよ」

「同じことじゃないか」

倉本は声を張った。

「僕も家を継ぐ以上、両親には逆らえないんですよ」

「私が中卒だと何か君に困ることでもあるのか」

「ですから、僕が困るのではなくて両親のメンツが潰れるんですよ」

「どんなメンツだ。次期M物産社長のプライドか。それともハイソな社長夫人の見栄か」

英輝は椅子に背をもたせて腕を組んだ。

「とにかく両親が困ることを僕が強行するわけにはいかなかったんです。お義父さんもご理解下さい」

「理解などできるわけないだろう。娘は死んでいるんだぞ」

「それは僕も残念ですよ」

「残念？　そんな言い方しかできないのか。お前は亜香里を愛してはいなかったのか」

「今さらそんなこと言われても……」

英輝はうんざりしたように溜息を洩らした。

「どうせ断るならもっと早い段階で……それを同棲までした後に興信所など使って……」

「だって専務さんでしょ？　それなりの学歴はあると思ったんですよ」

「君は娘を傷物にした。その上、死に追いやったんだ。それは一生忘れるなよ」

「でも、その責任はお義父さんにもあるんじゃありませんか」

英輝が突っかかってきた。

「私が中卒だから娘は死んだというのか」

「それは大きいと思いますよ、今の時代。僕の同期なんかも半数近くが東大出身ですからね。僕だって肩身の狭い思いをしているんですよ」

倉本は溜息をついた。学歴よりも実力でのし上がってきた彼には、この相手に何を話しても通用しないのだと、怒りよりも徒労感しかおぼえなかった。こんな男と結婚しても亜香里が幸せになれたとは思えなかった。所詮、縁のない相手なのだ。怨む価値もないのだ。そう自らに言い聞かせた。

そんな倉本を、まるで鼓舞するかのように英輝が声を上げた。

「まあ、今度、亜香里の冥福を祈って一杯やりましょうよ」

「ふざけるな!」

倉本は怒声を発して席を立った。彼は英輝のもとに押しかけたことを後悔した。そこには亜香里にとっての救いなど一片も存在していなかった。亜香里が余計に哀れに思えるだけであった。

T映画を後にした倉本は、いったん地下鉄の駅に戻りかけたが、途中で踵を返し銀座方向へと歩き出した。このまま真っすぐ家に帰る気分ではなかった。それに折角ここまで来たのだから亜香里との思い出の場所へ足を向けてみようと思ったのである。

再度、T映画の前を通り過ぎて有楽町駅近くのガード下までくると、倉本は思わず足を止めていた。懐かしい看板に気づいたのである。それは「ぼんち」という間口一間半の狭い定食屋であった。経営者は関西出身の七十代の老婆で、まだ十代だった倉本は彼女を〝お婆ちゃん〟と親しみを込めて呼んでいた。店は定食を出す昼食時と酒で賑わう夕方以降は付近のサラリーマンで混んでいたが、午後はほとんど客の姿はなかった。

当時、高校を中退して上京したばかりの倉本は、その近くの日用雑貨を販売する零細企業に身を置いていた。彼の仕事は、都内やその近郊の家々のポストに何百枚というチラシを投げ込み、週末になると地区の公民館を借りて日用品や素人主婦の発明品などの展示即売会を行うことだった。しかし、その程度の商品は町のスーパーで安価に手に入る。売り上げはゼロに近く、一ヵ月間早朝から深夜まで駆けずりまわって働いても、彼が貰った給料はたったの三千円だった。日給百円である。紛れもないブラック企業であった。倉本は疲れ果て窶《やつ》れ切った。そんな無一文の彼に、お婆ちゃんは「ええから、食いな、食いな」と言ってしばしば定食をタダでご馳走してくれたのだった。いつか恩返しをと考えていたが、彼も生きるのに必死でいつの間にか三十年余りが経ってしまったのである。

しかし、それにしてもお婆ちゃんがまだ頑張っているはずがない。子供でも後を継いでやっているのだろうか。そんな好奇心から、倉本はアルミの引き戸を開けてみた。すると、店内は昔のままだった。目の前にカウンターが横に延び、奥にはテーブルが二台並んでいた。客はテーブル席の若い男女二人きりであった。

倉本は、カウンター席に座り、厨房にいる白衣姿の中年男に冷酒を注文すると、それとなく訊ねてみた。

「昔、ここにいたお婆ちゃんはどうしたの？」

「え……ああ、あの人ね」

男はすぐに反応を返した。

「二十年ほど前にウチが暖簾ごと居抜きで買い取ったんですよ」

男はお婆ちゃんの息子ではなく、赤の他人であった。

「で、お婆ちゃんは?」

「あの人は、それからすぐに大阪の方へ帰ったはずですよ」

「そうだったの」

「ええ。あの人、子供もいなかったし後を継ぐ人もいなかったから……はい、どうぞ」

倉本の前にコップ酒が置かれた。倉本はそれを一口飲んで、

「それでお婆ちゃんは今、どうしてるんだろう」

と訊いてみた。

「いやぁ、そりゃあ分かりませんけど、年が年だからもう亡くなったんじゃないですか」

恐らくそうなのだろうと倉本も思った。言われてみれば当然のことだ。

「お客さん、昔のお馴染みさんですか」

「うん。まあ……」

倉本は、また一口飲んだ。彼の胸を空しい風が吹き抜けていった。老人があの世に旅立つのは世の常だが、自分の味方がまた一人消えてしまったという現実は、今の彼には耐えがたかった。

倉本は、冷酒を二杯呷ると、その店を出た。

倉本はその足で銀座へと向かった。銀座四丁目の交差点を過ぎて、昭和通りを超えると歌舞伎座の前に辿りついた。亜香里との最後の思い出の場所だ。腕時計に目をやると、午後四時前だった。先日と同じ時刻であった。彼はその場に突っ立って、しばらく晴海通りを行き交う車両を眺めていたが、今は隣に亜香里がいないと思うと、あらためて深い喪失感が胸に押し寄せてくるのだった。

——一体、誰のせいで亜香里は……。

倉本はその場に立っていることが苦しくなり、歩道を歩き出した。先日、亜香里と歩いた道を同じように辿った。婚約し幸せの絶頂にあった娘が、今は白い箱の中でわずかばかりの骨になっている。その現実をひしひしと感じながら彼は歩いた。

——一体、誰のせいで……。

その思いに襲われつづけながら歩いてゆくと、彼の足はひとりでに銀座マロニエ通りの「銀柳画廊」の前で立ち止まっていた。亜香里が欲しがっていた仲尾の画は、まだ売れずに残っているだろうか。そんな思いでドアを入った。

「いらっしゃいませ。どうぞ、ごゆっくりご覧下さい」

店主は相変わらず愛想よく迎えた。

倉本は迷うことなくある位置に進んだ。そして一点を見つめた。あった。『まどかの肖像』は、あの日と同じ壁に掛かっていた。コバルトブルーの蒼穹を背景に笑顔を輝かせているものであった。高校時代から三十年余りが経っているが、そこにいるまどかは、あの頃と同じように若々しかった。

「この画を頂けますか」

倉本が、今日は画を買った。

「ありがとうございます。『まどかの肖像』ですね。これは一部のファンの間で大人気なんですよ」

「確か、もう一点ありましたね」

「ええ。ございますよ。こちらです」

店主の指さした違う壁にも森林を背景に真正面から描かれた『まどかの肖像』が飾られていた。

「そちらの方は、今度また頂きます」

「ありがとう存じます」

「私、仲尾先生の昔からのファンでしてね」

倉本は言った。

「そうでございますか。先生に伝えておきます。きっと喜ばれると思います」

「そうだ。先生にファンレターのようなものを書かせて頂きたいのですが、ご住所を教えてもらうわけにはいきませんか」

「申し訳ありません。それは先生にお聞きしてみないと何とも……」

「そうでしょうねえ」

「お手紙なら私共から送らせて頂くこともできますが」

「分かりました」

倉本は代金の六十万円をカードで一括払いし、薔薇模様の額縁に入ったF8号の画を抱えて家路に就いた。

そしてその晩、家に着くや否や倉本は『まどかの肖像』を箱から取り出し、そのはち切れんばかりの笑顔に登山ナイフを突き刺し、引きちぎった。カンバスの木枠や額縁も折って叩いて踏み潰し、跡形もなく破壊した。そのために買ったのである。その倉本の顔は、まさしく鬼の形相であった。

6

翌日、倉本は梅ヶ丘から駅を二つ下った経堂の寺にある「倉本家」の墓に出向いた。将来、自分が命を落とした時に亜香里に迷惑をかけないようにと、五年ほど前に購入した墓である。まさか、そこに亜香里が入ることになるとは想像もしていなかった。

まだ四十九日までには間があったが、いずれはそこが亜香里の新居、というよりは永遠の棲家になるのである。来たる納骨に備えて、せいぜい綺麗に整えておいてやろうと思った。これからは、そんな機会もあるかどうか、という予感のようなものもあった。

倉本が墓の掃除をしていると、隣の古い墓に八十に近い老婆がやってきて、墓石を洗ったり花を手向けたりし始めた。倉本は挨拶がてら老婆に話しかけてみた。

「失礼ですが、ご主人様ですか？」

すると老婆は慈しみのある笑みを浮かべ、

「いいえ。娘なんですよ」

と答えた。

「それはお気の毒に……お母様よりも早くに……」

「ええ。でも、娘もこれで楽になったと思います」

「ご病気ですか」

「そうなんです」

老婆が言うには、娘は二十代半ばから国が難病認定している膠原病に取りつかれ、三十年近くも寝たり起きたりの生活を送った末に、最後は腎不全で亡くなったという。

「仕事もできなければ男の方にも縁のない一生で……本当に何のために生まれてきたのか……」

そう言って老婆は涙ぐんだ。

「それはさぞ、ご無念だったでしょうねえ」

倉本は同情の声をかけた。

「お宅さんは親御さんですか？」

老婆が訊いてきた。

「いや。ウチも娘なんです」

「あら。まだお若かったでしょうに」

「ええ。二十六です」

「まあ。ご病気ですか」

「ええ。まあ……」

まだ話したそうな老婆に背を向けて、倉本はまた墓石を磨き始めた。そして考えた。長年病んではいたが五十代まで生きた娘と、幸せの絶頂にはあったが、二十六歳の若さで自ら命を絶った亜香里とどちらが幸せだったのか、と。倉本にはどちらも不幸に思えた。形は違うが不幸にちがいない。しかし、病気に加害者はいないが、亜香里の死には明らかにその責任を負うべき人物がいるのだ……。


その晩、倉本は自分のパソコンで名刺を作った。電話番号と住所は本物だが、名前と肩書は「文筆業　紺野優児」と偽ったニセの名刺である。名刺が仕上がると、マンション一階にある集合ポストへ行き、その表札にも「紺野」とサインペンで併記した。それから部屋に戻り、倉本は亜香里の遺影に掌を合わせた。彼の胸の中には、ある覚悟があった。それを娘に聞いて欲しかったのだ。これから自分がやろうとしている孤独な作業を知って欲しかったのである。それを伝えるために、彼は長い間、瞑目《めいもく》して思いを凝らした。

そして翌日、倉本はまたも「銀柳画廊」へ足を向けた。

「あ、いらっしゃいませ」

店主が椅子から腰を上げた。

「やっぱり頂きます」

「『まどかの肖像』でございますね？」

「ええ」

「ありがとう存じます」

店主はさっそく画の梱包を始めた。

「ところで……」

「はい」

「仲尾先生には子供さんはいらっしゃるんですか」

倉本は訊いた。

「いいえ。先生ご夫妻は子宝には恵まれなくて」

「それじゃあ奥様と二人暮らしなんですか」

「ええ」

「それで奥様の画が多いんですね」

「そうらしいです。その分、奥様とは今でも熱々みたいでございますが」

「なるほど。それで奥様をモデルに」

「そういうことらしいですよ」

梱包が終わり、倉本は代金の六十万円を今度もカードで支払った。

「ありがとうございます」

カードを受け取りながら、倉本は店主に名刺を差し出した。

「これ、私の名刺なんですが、仲尾先生にお渡し願えますか」

「はあ」

「また先生のお作を頂きたいので、ほんの挨拶代わりです」

「ありがとうございます。承知いたしました。必ず先生にお渡ししておきます」

店主は恭しく名刺を受け取った。そしてそれを見て、

「紺野様と仰言るんですか」

と訊いてきた。

「ええ」

「文筆業とはクリエイティブなお仕事ですね」

「まあ」

「画家とも通じるところがありますね」

「ま、大したことはないんですが」

「ハハハ、ご謙遜を。これだけの画をお買い上げ下さるのですから、さぞかし」

「いえいえ。じゃ、頼みましたね」

「はい、確かに」

画廊を後にした倉本は、まっすぐ家に帰ると、またも仲尾の画を登山ナイフで八つ裂きにした。

彼の中には仲尾への殺意があった。自分の人生の苦渋も亜香里の死も、その原因をつくったのは

すべて仲尾なのだ。彼はそう信じていた。しかし、居所が摑めない。１０４で群馬県全体を調べたが、仲尾淳一の名義では番号は登録されていなかった。興信所に依頼すれば簡単に分かるのではないか……そう思った時、彼は一つの抵抗を感じたのだった。仲尾を一気に殺しても胸の内の怒りが収まるわけではない、ということに気づいたのである。彼の胸の中には、ある詭計《きけい》が芽を吹いていた。じわじわと苦しめながら死へと追い込むのだ。彼に自分と同じような苦しみを味わせてその様をじっくりと楽しむのだ。自分が苦しんだように、仲尾の憔悴してゆく姿が見たかった。それでなければ亜香里の魂も浮かばれない。

　倉本は、その翌日にも銀柳画廊へ顔を出した。

「あ、これは紺野様、どうも……」

　店主は低姿勢で迎えた。

「度々どうも」

「さ、どうぞご覧になって下さい」

　倉本は壁に目をやったが、仲尾の画のあった場所に『まどかの肖像』はすでになかった。

「今日も仲尾先生の作品ですか？」

「え、ええ」

「先生のお作は昨日のが最後で、まだ入っていないんですよ」

「そうですか」

「近々に買い付けに伺う約束にはなっているんですがね」

倉本はジャケットの内ポケットから、おもむろに手札サイズの写真を一枚取り出した。亜香里の成人式の日に撮った晴れ着姿のバストショットだった。倉本の最も気に入っている娘の笑顔であった。

「実は、今日はお願いしたいことがありましてね」

倉本は店主に言った。

「この写真は私の娘なんですが、仲尾先生に肖像画をお願いできないかと思いまして」

「ああ……なるほど」

店主は写真を受け取って眺めた。

「先日、ご一緒に来られた方ですね」

「憶えていてくれましたか」

「ええ。どことなくまどかさんに似ていたので」

「娘もそう言っていました」

「それで紺野さんも『まどかの肖像』がお気に入りなんですね」

「まあ。そういうことなんです」

「よく分かりますです」

「実は、娘は今度結婚することになりましてね。その記念にと思いまして」

「それはおめでとうございます。そういうことでしたら特別に頼んでみましょうかねえ」

「お願いできますか」

「いつもご贔屓頂いている紺野さんからのご依頼ですから、お願いしてみますよ」

「代金はいくら高くても構いませんから」

「それは『まどかの肖像』と同程度だと思いますよ」

「そうですか」

「先生のモデルは奥様ばかりなので、たまには先生も趣向が変わって喜ばれるのではないでしょうかねえ」

「そうだといいんですが」

「まあ、頼んでみますよ。こちらから頼みごとをしたことはないので、先生もいい返事をくれると思いますよ」

「ぜひ、お願いします」

「じゃあ、このお写真は預からせて頂きます」

「どうか宜しく」

それから四日後だった。マンションのポストにグレーの大き目の定型封筒が入っていたのは。宛名は「紺野優児」となっていて、差出人を見ると仲尾淳一であった。――来た。画廊ではなく直接依頼人に連絡を寄越したのだ。こちらの狙い通りである。やったぞ。いいぞ。これで戦闘開始だ。

倉本の胸は躍り上がった。そして、すぐに封を切った。すると、グレーの便箋にダークブルーの太い万年筆の文字で、

《前略
ご依頼の件、承知いたしました。仕上がり次第、ご連絡いたします。
草々
仲尾淳一》
紺野優児様

と書かれていた。

仲尾が承知したのだ。倉本は内心でほくそ笑んだ。これで計画通りに動ける。仲尾への復讐の第一歩が踏み出せるのだ。彼に迷いは全くなかった。計画を実行しなければ、もう一歩も前へ向かうことなどできない。亜香里の仇を取るのだ、という一念に支配されていた。

倉本は、仲尾の封筒に書かれた住所をネットで検索してみた。

『群馬県前橋市樋越町×××番地』

そこは赤城山麓の南面で、畑の多い地域だった。

7

翌日の午後、倉本は梅ヶ丘駅前のレンタカー会社で黒っぽい色のセダンを借り、群馬県へと向かった。赤堤通りから環八に出て、練馬から関越に乗って一時間、前橋インターを降りて、カーナビに誘導されて走ると、迷うことなく仲尾の家の前に辿り着いた。そこはネットで調べた通り、赤城山麓一帯の耕地で、畑の中に民家がぽつんぽつんと点在するのどかな場所だった。仲尾の自宅は大きなログハウス調の建物で、倉本は「仲尾淳一」の表札を確認すると、彼の家の周辺を車で縦横無尽に走り、その地域の人家、道路、店舗などの様子を丹念に調べ上げた。

仲尾の家から十二、三分ほど歩くと道路がくの字型に直角に曲がっている箇所がある。その周辺だけ家が寄り集まっていて、その中に一軒のスーパーがあり、辺りに明かりを放っている。その角を左に真っすぐ下って行くと、倉本が通ってきた前橋市の市街地にぶつかる。食材を調達するにはこのスーパーしかなかった。それを確認すると、倉本は東京へ引き返した。

その翌日も、倉本は赤城山麓へとレンタカーを走らせた。昨日の下見で大体の所要時間は分かっている。倉本は午後四時半頃に仲尾の家の近くに到着すると、仲尾の家からスーパーへ向かう途中の、人家のない桑畑に挟まれた道の端に車を停めた。そして、そこで息を潜めたのである。仲尾の家は背後にあった。倉本は、バックミラーで様子を窺った。今のところ誰の人影もない。彼の行動は、全くの運任せであったが、しかし、今日が駄目なら明日もまた同じ場所で待機するしかないと思っていた。いや、いつかは計画通りの結果になると確信していた。

それは夕方五時半を過ぎた頃だった。バックミラーにボブヘアの見覚えのある小柄な女が映った。倉本の予感は当たった。倉本の胸は躍った。女は、手に白いトートバッグを持っている。夕食の買い物に行くにちがいない。女は次第に近づき、そして倉本のすぐ横を通り過ぎると、畑の中の道を集落の方へと去って行った。倉本は動かなかった。まだ早い。急《せ》いては事を仕損じる。

時間を待つのだ。彼はそう念じて、バックミラーに映った女の顔を思い出していた。

女は、若かった。薄暮が女の老いを隠し、色白の顔貌は昔と同じように童女の面影を残していた。しかし、そこには高校生の頃に抱いたような憧れも恋心も湧いてはこなかった。倉本にとって女は、仲尾淳一という〝王将〟を追い詰めるための刺客の〝持ち駒〟でしかないのだ。

女が戻ってきたのは、それから四十分後だった。すでに辺りは晩春の闇に包まれている。女は、トートバッグのほかに白いレジ袋を提げていた。やはり夕食の買い物をしていたらしい。女が車に近づいてきた。倉本は両手に黒い革手袋を嵌めると、ゆっくりとドアを開けて車を降りた……。


翌日の昼前、倉本は自宅マンションの居間でテレビニュースを見ていた。政治の話題が終わったすぐ後に、それは流れた。赤城山のなだらかな山容や桑畑、そして警察署の外観などを背景に女性アナウンサーが原稿を読んだ。

「——昨夜九時ごろ、群馬県前橋市大胡町の桑畑の中で女性が死んでいるのが発見されました。女性は近くに住む仲尾まどかさん五十九歳で、夕方、買い物に出たきり戻ってこないのを心配した夫が警察に届け、捜索の結果、自宅近くの桑畑で倒れているのが発見されたということです。仲尾さんの首には絞められたような跡があり、死因は頸部圧迫による窒息死とみられています。仲尾さんのバッグからは財布がなくなっており、前橋北警察署では、最近その付近に出没しているミニバイクを使った若者らによるひったくり犯の仕業ではないかとみて捜査しています。なお、仲尾さんの夫は著名な洋画家の仲尾淳一さんだということです。……」

倉本はニュースが終わると、テレビのスイッチを切り、美味そうにウイスキーを喉に流し込んだ。

8

翌日から倉本は、会社に復帰した。亜香里の死から二週間余りが経っていた。その二週間の間に、釣り針に餌はつけた。あとはそれに大魚が食いついてくるのを待つだけだ。そしてそれを釣り上げて、叩き殺すのだ。成功させる自信は充分にあった。その余裕が、彼の懊悩を軽減させ仕事への意欲も復活させたのである。

出社した彼は、部下たちへの詫びの挨拶もそこそこに社長室へと向かった。

「長いこと、ご迷惑をおかけしました」

「少しは落ち着きましたか」

倉本と同年配の社長は温和な声で気遣ってくれた。

「お陰様で。もう大丈夫です」

「私にも年頃の娘がいますからね、倉本さんの気持ちはよく分かりますよ」

「恐縮です。ご迷惑をおかけした分は、これから取り戻しますので」

「まあ。あまり無理をしないように」

「ありがとうございます」

倉本はその日から精力的に働いた。溜まっていた仕事も残業をして片付けていった。そんな彼を見て、部下たちも平生通りに接するようになった。

それから一週間ほどが経った夕方、倉本がマンションに戻ると、ポストの中にグレーの定型封筒が放り込まれていた。差出人は仲尾だった。倉本はそれを摑み取ると、部屋に入ってすぐに封を開けてみた。封筒の中には例のグレーの便箋と一緒に、倉本が渡した亜香里の写真が同封されているのだった。便箋を広げると、そこには仲尾の読み取れぬほどの乱れた文字で、

《拝啓
実はこの度、妻まどかが亡くなりました。天に召されてしまったのです。私にはもう創作意欲はありません。私は筆を断つことに致しました。貴方様のご依頼にも応えられません。どうか、ご容赦下さい
仲尾淳一　拝》
紺野優児様

と書かれていた。

倉本の顔に歓喜の笑みが浮かんだ。想像以上に仲尾は憔悴している。倉本の狙い通りであった。これで亜香里の魂も少しは浮かばれるというものだ。だが、こんなことで手を引くわけにはいかない。俺の人生のすべての苦しみの根源はコイツの悪意から始まっているのだ。徹底的に叩いて息の根を止めてやるのだ。倉本はそう念じた。彼の復讐心には一寸の迷いもなかった。

倉本は背広も脱がずに机に向かい、返信を書いた。

《拝復

本日、お手紙頂戴致しました。

突然の奥様の訃報に接し、大変驚いております。まだまだお若い奥様が亡くなられるとは小生も悲しみを禁じえません。まさか、と思いました。お亡くなりになられた理由は存じませんが、先生には、さぞお寂しい日々を送られていることとお察し致します。伴侶を亡くすということは、しかも妻を先に見送るということは本当にお辛いことと存じます。特に小生や先生のような職業の場合、夫婦は一心同体でありますから、共に尽くしてくれた奥様に先に去られるということはどんなにお辛いことか……。お力をお落としのこととは存じますが、生意気ながら、先生はまだお若いのですから、これからもさらに絵筆を握って頂きたいと願うばかりです。奥様もきっとそれを望んでいらっしゃるのではないでしょうか。どうか、どうか元気を出して下さい。

本来でしたらお宅までお伺いし、お焼香をさせて頂くところですが、小生も体調すぐれず拙い書面にて失礼させて頂きます。

合掌

仲尾淳一先生

紺野優児》

倉本はその手紙を、その晩のうちに本局から速達で送った。すぐに仲尾からの反応が欲しかった。すると、三日後に仲尾からの返信が届いた。それは相変わらず乱れた文字で、さらなる衰弱ぶりが窺えた。

《拝啓

貴方様からの力強い励ましのお手紙、痛み入ります。しかし、私に筆を握る気力はありません。どうか、ご理解下さい。

仲尾淳一　拝》

紺野優児様

倉本はその短い文章を読み、快哉を叫んだ。嗜虐《しぎやく》の歓びに酔った。そして、ここが勝負だとも思った。本当に相手は弱っている。精神的にも肉体的にも羸痩《るいそう》し切っている。ここで自分の為すべきことは、傷口に塩を塗るようにさらに相手を傷めつけ、追い詰めることだ。それには励まして励まして尻を叩くことだ。命の火が途絶えかけた病人に肉体を酷使させるように鞭打つのだ。

倉本は、その夜も手紙を書き、速達で送った。

《拝復

奥様がお亡くなりになられたことは、あらためて深くお悔やみ申し上げます。先生のご悲嘆いかばかりかと胸の痛みを禁じ得ません。

実は、小生も数年前に愛妻を亡くしております。飲酒運転のトラックに轢き殺されたのです。即死でした。変わり果てた妻の亡骸《なきがら》と対面した小生は、すっかり魂を抜き取られ、仕事への意欲も失せ、ただ酒浸りの毎日を送りました。そんな生活が半年ほどつづいたある日、突如、運命に対する猛烈な怒りが湧いてきたのです。小生は再び筆を執りました。泣きながら原稿に向かいました。それは亡き妻の叱咤を感じたからであります。妻が小生に書け、と背中を押してくれたのだと思います。それからは仕事に邁進することだけが妻の死という辛さから逃れることのできる唯一の時間となりました。先生もそうではありませんか？　今はお辛くとも、筆を握ることが画家に与えられた唯一の救いのような気がしてなりません。小生のような凡人が申すのも僭越ですが、先生には神から与えられた才能があるのです。ぜひ、筆を握って頂きたく存じます。それが神から才能を与えられた者の宿命ではないのでしょうか。小生ごときが生意気を申しまして恐縮ですが、亡くなられた奥様もそれを心から望んでおられることと思います。是非とも、再び甦り、奥様を喜ばせてあげて下さい。捲土重来《けんどちょうらい》の雄姿を奥様に見せてあげて下さい。切に切に願います。

仲尾淳一先生

紺野優児　拝》

手紙を送ってから三日経ち一週間が過ぎたが、仲尾からの連絡はなかった。ぱったりと途絶えてしまった。どうしたことか。これでは折角書いた手紙もただの〝親切〟でしかなくなってしまう。あんな奴に誰が親身になどなってやるものか。畜生。泣け、喚け、のたうちまわれ。そして最後には俺に殺されるのだ。倉本は、胸の中で叫んだ。しかし、いくら待っても手紙は来なかった。倉本は焦った。毎日、苛々とした日々を送った。ここで勝手に決着をつけられては何もかも水の泡だ。こちらは殺人まで犯しているのである。そのリスクに見合う結果を掴み取らねばならない。が、相手の反応が消えてしまったのだ。このまま逃げられたらどうしよう。倉本は、会社にいても気が気でなかった。そして、その不安に耐えられなくなった彼は、自分の方からアクションを起こしてみることにしたのである。再度、追い討ちをかけるように手紙を書き送ったのだ。倉本は、その効果に期待をかけた。

《拝啓

度々のお便り失礼とは存じましたが、一筆書き送らせて頂きます。

実は、小生の娘も亡くなっているのです。娘は亡き妻を追うように癌で短い生涯を閉じました。まだ社会に出たばかりで男性とのつき合いも知らずに病気に命を奪われてしまったのです。思い出すのは幼い日のことばかりです。素直な大人しい娘でした。今も遺影に向かうたびに涙がこぼれてなりません。しかし、小生も軟弱な精神に鞭を打って頑張っております。妻と娘のために――。先生も天界より奥様が応援されているのではないでしょうか。先生、どうか先生の筆で娘の息を吹き返らせて頂きたいのです。せめて、娘の屈託のない笑顔を残しておきたいのです。先生、どうか、先生の神技と評される筆によって娘を甦らせて下さい。

再度、厚かましくも亡き娘の写真を送らせて頂きます。先生のご寛大なご返事で小生を欣喜させて下さい。どうか、どうか伏してお願い致します。

三拝九拝

仲尾淳一先生

紺野優児》

妻まどか亡き今、絵筆を握ることは仲尾にとって何よりも苦痛であろう。だからどうしても描かせねばならなかった。自分が苦しんだように、仲尾の憔悴してゆく様が見たかった。その苦痛の泥沼の底をさまよわせ最後は倉本自身が直接とどめを刺すのだ。これが彼と娘亜香里が矛《ほこ》を収めることのできる唯一の瞬間なのである。

手紙を送って数日が経ったある晩、その電話は突然かかってきた。倉本が受話器を取るなり、

「私、酔っています」

という呂律の乱れた男の声が流れてきた。

「ちょっとボルドーを飲み過ぎたらしい」

「は？」

「失礼をお許しください」

「あの……どちら様で」

倉本は問いかけた。

「あ、申し遅れまして、私、画家の仲尾淳一です」

「あ、先生……！」

倉本は思わず声を上げたが、相手が彼に気づく気配はなかった。それもそのはずだ。高校を中退してから三十三年も経っているのだ。自分とのことなど忘れているだろうし、まして声など記憶しているはずがない。倉本はそう確信し、堂々と話し始めた。

「先生、少しは落ち着かれましたか」

倉本は相手を気遣うような声音で言った。

「紺野さんには、度々、お手紙を頂戴して恐縮です」

「いえ。こちらこそ勝手なお願いを致しまして」

「しかし……」

仲尾はそこで言葉を止めた。

「はい？」

「しかし、画家は私だけではないのにどうして」

「それは先生にぜひ描いて頂きたいからです」

「どうしてだろう」

「亡くなった娘も先生の画の大ファンだったのです。ですから、ぜひ」

「うむ。そういうことですか」

「はい」

「しかし妻が亡くなり、私にはもう……妻は私の命でした……！」

仲尾は突然、そこで泣き出した。倉本は唇をゆがませて笑みを浮かべた。しかし、

「お察しいたします」

と、慈愛に満ちた声で寄り添った。

「私はすでに生きる気力というものを失っているんですよ」

「そんな弱気を仰言らずに、何とか」

仲尾はしばし無言になった。それから、

「分かりました。そんなに仰言るなら、最後の気力を振り絞って仕上げます。ただし、この一作だけです」

「本当ですか」

「はい」

「ありがとうございます」

倉本は大仰に礼を述べた。

「では、二週間ください」

仲尾が言った。

「はい」

「それまでには確実に仕上げておきますので」

「感謝いたします」

「それでは」

仲尾が電話を切りかけた。倉本は追い縋るように声を放った。

「あ、先生」

「はい？」

「先生にお手間を取らせては恐縮ですので、こちらから頂きに上がりたいと思うのですが」

「そうですか。私も紺野さんにお会いして直接お渡ししたいので、その方が助かります」

「恐れ入ります」

「では、二週間後の今日、夜九時丁度に拙宅までおいで頂けますか」

「はい。喜んで参ります」

「私の家は、住所を辿ってもらえばすぐに分かります。ちょっと変わったログハウス調の屋根の高い家ですから」

そんなことは言われなくとも分かっている。

「玄関を開けて勝手に入って下さい。私は奥のアトリエで画材の整理などしておりますので」

「承知致しました。必ず伺いますので」

「では、お待ちしています」

そう言い残して、仲尾は電話を切った。

倉本は全身が熱くなるのを感じた。ついに決着をつける時が訪れたのだ。彼はウイスキーを立てつづけに三杯呷った。灼けつくような興奮が、彼の精神を舞い上がらせていた。

そして二週間後の夕方、彼は会社を一時間ほど早めに出ると、自宅のある梅丘に直行し、そこでまたもレンタカーを借りて、一路、赤城山麓を目指して車を走らせたのだった。仲尾の家に到着する頃はすっかり夜である。それは倉本にとって都合がよかった。田舎とはいえ誰が通りかからないとも限らない。闇であれば目撃される確率もそれだけ低くなる。

倉本は車を走らせながら、今夜これからの段取りに思いを巡らせた。仲尾は奥のアトリエに籠っているという。俺は仲尾から亜香里の肖像画を受け取る。仲尾の描いたものなど『まどかの肖像』と同様にいずれはゴミになるのだが、一応は受け取る。証拠を残さないためだ。仲尾は俺を見てもすでに顔など忘れているだろう。三十三年間という年月が声も顔も体形もすっかり変えている。そこで、俺は仲尾に自分の正体を明かし、これまでの人生の怨みつらみをすべてぶちまける。むろん、そこでまどかを殺害した事実も明かす。嚇怒した仲尾は俺に襲いかかってくるだろう。あの百九十三センチの巨体で。その胸をめがけて一気にナイフの刃を突き刺すのだ。積年の怨みを込めて。そして大量の出血に喘ぐ仲尾の断末魔の苦しみの姿をとっぷりと楽しみながら、俺は奴の息の根が絶えるまで勝利の雄叫びを上げつつ罵倒しつづけるのだ。こうして俺と仲尾の長かった因縁のドラマに終結の幕が落とされるのである……。

倉本は、仲尾の家の近くまでくると、車を林の窪地に隠した。そして黒い革手袋を両手に嵌め、懐に忍ばせた登山ナイフをぎゅっと握りしめた。それからゆっくりとログハウスへと近づいて行った。いよいよ仲尾本人への報復の時がきた。そう思うと倉本の胸は、早くもその達成感で高鳴った。腕時計に目をやると、時刻は丁度午後九時であった。

9

倉本が仲尾淳一の家の玄関を開けると、そこには明かりが煌々《こうこう》と点っていた。ふと目の前の廊

下に目を落とすと、薄い直方体の段ボールの箱と、その上に一通のグレーの封筒が置かれてあった。倉本は玄関を入ると、

「先生……」

と低く呼びかけてみた。廊下の奥には「Ａｔｅｌｉｅｒ」とレモンイエローの絵の具で書れた木札が掛かっていた。が、その木製のドアが開く気配はない。

倉本はグレーの封筒を開けてみた。そこにはやはりグレーの便箋が一枚入っていて、ダークブルーの万年筆の文字が並んでいた。


『私が魂を込めて描いた渾身の一作です。代金は要りません。あなたに進呈します。

仲尾淳一』

倉本は段ボール箱を開けてみた。すると、そこには額装された亜香里の肖像画が入っていた。注文した8号ではなく、それよりもはるかに大きい30号のカンバスだった。が、その画を見て倉本は愕然とした。いや、慄然とした。微笑む亜香里の表情は目を瞠《みは》らんばかりの見事さであった。まるで娘が語りかけてくるように精彩を放っている。まさにプロの——いや、天才画家の芸術だ。倉本は、そこに神の力を見た。しかし、それは倉本が送った写真のバストショットではなく、裸婦像なのだった。裸婦、いや神の手によるポルノだ。しかも、商売女のように爛《ただ》れた陰部までリアルに描かれている。その昔、高校生の倉本が悪戯で描いたまどかの画などよりもはるかに精緻

で卑猥だった。四肢のポーズはまるで相手の〝男〟の存在を空想させ、陰部を取り囲む陰毛の一本一本までもが軟質のラウンド筆で克明に描かれている。

——何なんだ、これは……。

倉本は、しばし呆然となった。が、すぐに恐ろしい事実に気づかされた。仲尾はひょっとして自分の正体を見抜いていたのではないか。依頼を引き受けはしたが、あまりにも熱心すぎる相手に疑問を抱き、興信所でも使って俺の身辺を丹念に洗ったのだ。大方そんなところだろう。倉本はそう思った。自分の正体を知った仲尾は、亜香里の自殺やその原因も知ったことだろう。むろん、それで自分が俺に恨まれていることも。当然、執拗に依頼してくる理由も推理したはずだ。とすると、俺がまどかを殺害したことも確信していたにちがいない。では、なぜ警察に訴えなかったのか、という疑問が彼の胸に湧いた。が、その答えはすぐに解けた。まず証拠がない。それに罪が明らかになったところで死んだまどかが生きて戻ってくるわけでもない。彼にできる唯一のことは、死者である娘亜香里を侮辱することだった。死者への冒瀆《ぼうとく》。それが父親である倉本の精神を粉々に破壊する決定的な打撃と判断したのだ。それは高校生であった倉本に妻まどかを侮辱された仕返しであると同時に、愛する者を殺された男の復讐なのだ。天才画家が最後に辿りついた倉本への報復なのである。

「畜生！　馬鹿にしやがって」

倉本は思わず怒声を発した。そして、ズカズカと土足で家の奥へと踏み込んで行った。ジャケットの内ポケットからは登山ナイフを取り出し、光る刃を鞘から引き抜いた。

「仲尾、どこだ」

倉本は乱暴にアトリエの大きな板戸を押し開けた。が、そこは一点の明かりもない暗闇だった。倉本は壁のあちこちを平手でたたいた。それが電灯のスイッチに当たり、一斉に室内が夜から眩いばかりの白日へと化けた。その途端、彼の全身は凍りついた。広いアトリエの天井の梁から一直線にロープが延び、その下で仲尾が首を吊って死んでいたのだ。百九十三センチの痩身が空中にぶらさがっていたのである。そしてその周囲を七、八台のオーク材の堅牢なイーゼルが取り囲み、そこには亡き妻まどかの肖像画が架かっているのだった。どれもこれも100号ほどの大作ばかりであった。描かれたまどかの表情は、陽光きらめく青葉に包まれた天衣無縫な笑顔もあれば、地獄の猛火に焼かれ阿鼻叫喚を上げている全裸像、また、静謐《せいひつ》な漆黒の闇を背景に憂いを滲ませた艶めかしいプロフィールなどで、構図も絵の具のマチエールもそれぞれに異なり多彩を極めている。それは金などでは絶対に手放さない夫婦の宝物のようだった。そこには一歩たりとも他人が踏み込むことの許されぬ二人の愛の絆が存在していた。彼らの愛情の深さがまざまざと倉本の胸にも雪崩れ込んでくるのだった。これ以上の夫婦愛があろうか……。

倉本は声もなく息を呑んだ。そして悟った。いや、あらためて悟らされた。仲尾にとって妻まどかは唯一無二の存在だったのだ。倉本が亜香里を愛するように、仲尾もまどかのことを——いや、それ以上なのかも知れない。愛する者のために殺人を犯す者、そして自ら死を選ぶ者。そのどちらの愛が深いかは誰にも分からない。しかし、自分は生きている。それが倉本には後ろめたかった。そんな感覚に襲われたのだった。ロープにぶら下がっている仲尾の勝ち誇ったような憫笑《びんしょう》が聞こえてくるようであった。

「ふざけるな！」

倉本は怒りの涙を浮かべて叫ぶと、まどかの肖像画を次々とナイフで突き刺し、切り裂いていった。まどかの顔は惨めに歪んだものとなった。しかし、すべてを破壊し尽くすと、彼は大きく息を喘がせながら脱力したように腕の力を抜いた。すると、握っていたナイフが手から滑り、床板に落ちていった。ナイフの刃先が床に散乱している油絵具のチューブに突き刺さり、そこから血液のようなどろどろとしたローズマダーが飛び散った。その深い赤は、仲尾の妻に対する愛情の濃密さを象徴しているようでもあった。倉本の胸を空しさが充満した。それは無限の虚無感であった。この地上からすべての人類が姿を消してしまったような無限の寂寥感であった。それに耐えられなくなった時、倉本は、その場にがっくりと膝を落とし、言葉もなくただ嗚咽した。彼の背中に、何人《なんびと》も経験したことのないほどの敗北感が、ずっしりと重くのしかかっていた。仲尾の遺体の真下で、倉本はいつまでも泣き喚いた。だが、愛する亜香里もいない今、彼の悲痛なうめき声は誰の耳にも届かなかった。

大御所様《おおごしょさま》、吐露《とろ》する

1

吉村まどかは今年三十五歳を迎えた。夫の高志《たかし》は三十八歳である。年齢はいっているが、二人はつい半年前に式を挙げたばかりの新婚夫婦であった。本来ならば幸せの絶頂にあるはずの二人だが、彼らには子供をもうけることもできないある大きな悩みがあった。まどかの持病の片頭痛である。それは強靱《きょうじん》な刃物にでも突き刺されたような激痛で、彼女は幼い頃からそれに悩まされてきたのだった。それでも何とか大学までは頑張って卒業し、会社にも就職したが、その頃からさらに頭痛は頻発し、会社は三カ月ほどで退社を余儀なくされた。頭痛による欠勤や早退など、上司や同僚には理解されず、単なる〝怠け〟と思われ顰蹙《ひんしゅく》を買ったのである。その後は就職することもできず、都内にある実家で両親と暮らしながら三十半ばになってしまったのだった。そんな彼女には二歳年下の妹が一人いるが、妹は北海道の大学に進学し、その後はそこで家庭を築いていた。

高志との結婚は見合いであった。両親にこれ以上精神的にも経済的にも負担をかけたくないと思っていたところに、見合い話が飛び込んできたのだった。その見合いの席で、まどかは正直に頭痛の持病のあることを高志に打ち明けた。が、彼はまるでそれには頓着しなかった。高志は定時制高校卒のしがないトラック運転手である。彼としては、大卒でしかも美人のまどかと結婚できるなら……と、積極的に話を進めて貰ったのだった。高志はまどかを一目見た時から、その色白で綺麗な卵型の容貌に惹かれた。とりわけ彼は、まどかの大きく澄んだ瞳が好きだった。高志には医学的な知識も医者の知己もまるでないが、何とかこの人を自分の力で助けてやれないものかと思ったものだ。しかし、結婚してもまどかの頭痛は治まるどころか高志と暮らすようになって以来、さらにその苦痛の度合いを増していったのである。

そもそも彼女は頭痛の原因究明やその対策に手を拱いていたわけではない。幼い頃から頭痛が起こる度に鎮痛剤を服用していた。しかし、それは全く効果がなく、内科やペインクリニックなどの医師の診察も仰いだが、そこで処方された薬や痛みを和らげるという注射も何の助けにもならなかった。

一般に、片頭痛とは脈打つように痛む発作性の頭痛で、一ヵ月に一、二回の頻度で発症すると言われているが、まどかの痛みはそんな生易しいものとは違った。前述したように、まるで強靭な刃物で思いっ切り突き刺されたような激痛で、一ヵ月に五、六回は発症し、その度にのたうちまわるような苦しみに襲われるのだった。また、片頭痛は日本人の十人に一人が抱えていると言われるほどの国民病だが、決定的な治療法はなく、投薬によって痛みを抑えるのが普通である。まどかは、鎮痛剤の服用過多による薬物乱用頭痛かとも考えたが、彼女の場合、痛みが始まる前兆として必ず動悸《どうき》が起こるので、心臓に異常があるのかとも思い、九州の病院に心臓病の権威がいると知ると、高志も付き添って九州まで飛び、大学病院の循環器疾患集中治療科で経食道心エコーによる卵円孔検査で心臓に穴がないかなどということまで調べた。が、まるで異常は見つからなかった。更にまた、高志の助言で脳に腫瘍があるのかも知れないと疑って大学病院の脳外科にも通ったが、結果は〝健康そのもの〟であった。その後、現在の日本で最も腕が良いと言われている頭痛専門外来が都内にあると新聞の記事で知った二人は、それをインターネットで調べて予約し、二カ月ほど待たされた後にようやく受診が叶い、そこでCT、MRI、脳波測定、心電図、血圧測定、血液、眼底、超音波などのあらゆる原因究明の検査を受け、それから十日ほど経った今日、その結果を確かめに病院を訪れたのだった。まどかとしては、今はもう治癒の願いよりも原因が判明してくれることをひたすら祈っていた。が、それだけの検査をしたにもかかわらず、何一つ原因どころか疑いの影すら見出せなかったのである。

二人は、がっくりと肩を落とした。そして病院前の銀杏並木の道を重い足を引きずるようにして、自宅へと帰路についたのである。

「また、原因が分からなかったね」

高志が悄然と呟いた。

「ごめんなさい」

まどかは謝ってうつむいた。

「まどかが謝ることないよ。辛いのは君なんだから」

「それはそうだけど……」

「でも、頭痛の原因ってそんなにむずかしいのかなァ」

頭痛に縁のない高志には見当もつかなかった。

「もう疲れたわ」

「なに弱音を吐いてるんだ。そりゃあ子供の頃から悩んでいるんだから気持ちは分かるけど、今にきっと原因が見つかるよ」

　高志はまどかを鼓舞するように言った。

「そうだといいけど……」

「それより今日は結婚半年目の記念日だよ。二人の思い出のホテルで食事をするんだろ？　美味しいものを食べれば頭の痛みなんかきっと飛んでいくよ」

「うん……」

　まどかは沈んだ表情でうなずいた。

2

　その晩、二人はＪＲ総武線錦糸町駅前にある高層ホテルの最上階のレストランで、食事をした。そこは東京スカイツリーの全貌が眺められる絶好ポイントで、結婚式もそのホテルで行ったのである。二人にとっては思い出の場所だった。

　彼らが住んでいるのは、隣接する台東区浅草で、住居は三十二階建てのタワーマンションの十四階である。間取りは２ＤＫだが、二人には十分な広さだった。そこからも、むろんスカイツリーは視界に入るが、隣のマンションの陰になり、頂点から三分の一ほどしか見えないのだった。そこで今夜、スカイツリーのファンである二人は、このホテルで食事をし、結婚半年目の記念日を祝ったのである。窓辺に座る彼らの向こうには、ブルーや紫、白にライトアップされた色鮮やかなスカイツリーが聳えている。それを眺めながら二人は、ステーキを口に運んでいた。

「美味しいね」

高志が優しく声をかけた。が、

「……うん」

と、まどかの顔色は冴えない。

「元気ないなァ」

「ごめんなさい」

「また謝る」

「だって高志さんに申し訳なくて……」

「何言ってるんだ。君の病気は承知の上で俺は君のことが好きになったんだよ。そんなこと気にするなよ」

「ほんとに感謝しているわ」

「俺の方こそ、学歴もないトラックの運転手なのに、君みたいな美人で大学まで出た人と一緒になれて、ほんと夢みたいだよ」

高志は笑顔でステーキを頬張った。

「あとは君がいつも読んでいる本の……」

「あ、小峯先生の前世療法？」

「うん。それに縋《すが》るしかないね。この際、神でも仏でも何でも頼らないと」

「神や仏じゃないのよ。科学的にもその根拠が実証されているんですって」

まどかはにわかに雄弁になった。

「だったら尚更……」

「ようやく明日、予約が取れたんだけど……」

「うん」

「先生によると、現在の苦しみの元は必ず前世に原因があるっていうの。その前世に戻ることで今の苦しみから解放されるっていうんだけど……期待してもいいのかしら」

「そんなこと言わないで……どんな可能性にも賭けてみないと……もうそれしか残されていないんだから」

「うん」

それはまさに二人にとっては、最後の頼みの綱だった。高志はまどかを勇気づけるように言った。

「明日は朝から仕事だから一緒には行ってやれないけど、でも行き先は名古屋だからそう遅くならないうちに帰れるから」

「うん」

と、うなずいた途端、まどかがナイフとフォークを放り出して左胸を押さえた。

「どうした？」

即座に高志が声をかけたが、まどかは今度は左側頭部に手をやった。

「頭、痛いのか？」

「うん！」

「大丈夫か、まどか」

「痛い！　まるでナイフで突き刺されているみたいなの」

「薬は？」

「そんなもの効かないわ」

「じゃ、まだ途中だけど、早く帰ろう？」

「ご……ごめんなさい」

まどかは高志に抱きかかえられるようにしてホテルを出ると、タクシーを拾って貰い早々にマンションへと帰った。その後、まどかの頭痛は夜半までつづいたが、翌朝には何とか治まっていた。


高志の運転手としての朝は早かった。遅くとも六時には家を出るのが常だった。長距離便なので、日帰りで終わらせるためにはどうしても朝が早くなるのだ。

朝六時、高志はいつものようにショルダーバッグを肩に提げて玄関へと向かった。それをまどかが見送る。結婚以来の習慣であった。

「じゃ、行ってくるから」

高志は、まどかのどこか不安そうな顔を見て優しく言った。

「小峯先生にしっかり診て貰うんだよ」

「うん」

高志はまどかをかるく抱きしめた。

「じゃあな」

「うん。気をつけてね」

まどかは、それも習慣のように同じ言葉で高志を送り出した。

高志の勤める運送会社は、同じ台東区内の千束《せんぞく》にあった。マンションからは歩いて十五分ほどの所だ。そこから出発し、首都高速3号渋谷線に乗って東名高速で名古屋を目指すのだった。

高志は会社に着くと、十一tトラックの運転席に乗り込み、運行記録用のタコグラフの用紙をセットした。荷物はあらかじめ積み込んである。あとはそれを先方のトラックターミナルで降ろし、空になった荷台に東京行きの荷物を積んでくるのである。荷物は契約しているホームセンターの品物が多く、主に段ボールに入った家庭用雑貨だ。箱は大きいが、そんなに重いものではない。それを今度は東京のトラックターミナルに降ろし、翌日の荷物を積み込む。それでようやく一日の仕事が終了するのである。走行距離的には、本来は二人で組んで行かねばならないのだが、高志はワンマンで運行している。その方が歩合がついて実入りがいいのだ。高志は、トラックのエンジンをかけ、アイドリングを始めた。

その頃、まどかは朝食の食器を流しで洗っていた。彼女の頭の中は、今日受けることになっているセラピーのことでいっぱいだった。果たして効果があるのかどうか……。しかし高志もあれだけ期待してくれているのだから、きっと何かしら良い結果が得られるにちがいない、と自らに言い聞かせた。

そんなところへ、ダイニングテーブルの上に置いた携帯電話が鳴りだした。濡れた手をエプロンで拭いながら電話に出ると、相手は高志であった。

「高志さん？」

「これから出発するから」

高志はまだ、会社のトラックの中だった。

「分かった。運転、気をつけてね」

「ああ。君も行かなきゃダメだよ」

「うん。分かってるわ」

「きっと良くなるよ。そう信じて行くんだよ」

まどかが素直に応えると、高志はほっとしたように電話を切った。

「はい」

3

高志が愛知県の東名高速小牧ＪＣＴ近くの名古屋物流センターに到着したのは、午後一時すぎだった。昼食は途中のサービスエリアで簡単に済ませてきた。彼はさっそく十一tトラックをバックで荷降ろし用のホームにつけると、通称ネコ車と呼ばれている手押し車で積み荷を配達地域別に配っていった。その荷物と伝票が一致しているかをチェックするために、事務所から物流センターの担当者がやってきた。五十代の担当者とは、もう顔馴染である。高志が挨拶すると、担当者は親しく声をかけてきた。

「吉村さん、今日もワンマンかい？」

「ええ」

高志は笑顔で応えた。

「頑張るねえ」

「いえ」

「夫婦で稼いでいたら貯まるばっかりだろう」

高志が半年前に結婚したことは、同業者からの噂話で伝わっていた。

「いえ。ウチの女房は……」

高志は口ごもった。

「え、若いのに働いてないの？　身体でも悪いのかい？」

「え、ええ、ちょっと……」

「そう。そりゃあ心配だねえ」

「どうも……」

今時は子供のいない専業主婦は珍しいのだろう。若くて健康ならば大体の妻が働いている。高志は妻のことを問われる度に笑ってごまかすしかなかった。片頭痛で病院通いをしている、などとはとても言えなかった。

高志が荷物を降ろし終え、東京行きの荷物を積み込み始めた頃、まどかは文京区千駄木《せんだぎ》のとあるマンションの前に来ていた。住宅街の細い路地に面した三階建ての白い建物である。その外階段を上り、彼女は二階の通路を歩いた。一軒一軒、扉の表札を確かめながら。そしてある一軒の前で足を止めた。その扉には、白地に紫色の文字で『セラピールーム　やすらぎ　代表小峯《こみね》妃沙子《ひさこ》』と印刷された茶色の木枠に入ったボードが取り付けられている。まどかは腕時計に目をやり予約時間を確認すると、思わず一つ深呼吸をしてチャイムに手をのばしかけた。その時、肘にかけたハンドバッグの中の携帯が鳴った。急いでバッグから携帯を取り出すと、相手は高志であった。

「高志さん？」

「今、どこ？」

高志の勢いのある声が響いてきた。

「ええ。今、着いたところよ」

「今から診察？」

「そうよ」

「いよいよだね」

高志の声には期待が籠っていた。

「うん」

「怖いことなんかないから、しっかり診てもらうんだよ」

「うん」

「こっちはもうすぐ終わるから、そしたら急いで帰るよ」

「うん。分かった」

「じゃ、しっかりね」

「はい」

まどかは携帯を切ると、一呼吸おいてチャイムを押した。すると、すぐに扉が開いてまどかと同じ年頃の温和そうな顔立ちの女性が現れた。恐らく妃沙子のアシスタントなのだろうが、ブラウスにスカートというラフな格好であった。

「吉村さん、ですか？」

女性が訊いた。

「はい」

まどかは小声で答えた。

「お待ちしていましたよ。さ、どうぞ」

まどかは玄関を入ると、すぐ横の「カウンセリングルーム」というプレートが貼られた扉の中へと案内された。そこは四畳半ほどの広さで、テーブルとソファーがあるだけの殺風景な部屋だった。

「どうぞ。お掛けになって下さい」

「はい」

まどかがソファーに腰を下ろすと、女性は部屋を出て行ったが、すぐにトレーにティーカップを載せて戻ってきた。そしてティーカップをまどかの前に置いた。

「どうぞ」

まどかは軽く頭を下げた。

「カモミールティーです。気分が落ち着きますよ」

「どうも」

「先生、間もなく参りますので」

そう言うと、女性はまたも扉の外へと姿を消した。まどかは、カモミールティーを一口啜った。そしてカップを戻すと、両手を膝の上において妃沙子が現れるのをじっと待った。が、彼女には待っているというよりも、何者かに待ち伏せされているような怯えに近い感情が押し寄せていた。前世療法とは一体どんなことをされるのか。果たして効果があるのだろうか。自分の病気の治癒に本当に役立つのか。これが最後の手段なのだ。何とかして原因を突き止めねばならない。そうでないと高志さんにも申し訳ない……。まどかは、物音一つしない部屋の中で一人、不安に揺れていた。

そんなところへ扉が静かにノックされ、笑みを浮かべた初老の女性が入ってきた。

「こんにちは。セラピストの小峯妃沙子です」

まどかは思わず立ち上がっていた。まどかが妃沙子を見るのは、むろん初めてである。著書の奥付に載っていた顔写真で知っているだけだ。実際に見る妃沙子は年相応にふくよかで、今日のいでたちは黒地に白やピンクの幾何学模様のちりばめられたジョーゼットのワンピース姿であったが、神秘的な雰囲気は全く感じられなかった。きっと、スーパーで一緒に買い物をしていても特に目を引く存在ではなかろうと、まどかは思った。著書には、妃沙子は六十七歳とあったが、それよりも幾分老けているように見えた。

「よろしくお願いいたします。吉村まどかと申します」

まどかは緊張しながら挨拶をした。

「はい。お待ちしていましたよ。どうぞ、お座り下さい」

まどかと妃沙子はテーブルを挟んで向かい合った。

「何かお悩みがあったら教えて下さい」

妃沙子がカルテのようなものを手に訊ねてきた。

「はい。物心ついた頃から激しい片頭痛に悩まされています」

それを妃沙子がカルテに書き込んでいった。

「病院には行かれましたか」

「子供の頃からいくつもの大きな病院で精密検査をしてもらいました」

「それでも頭痛が治らないわけですね」

妃沙子はまどかの顔をのぞき込むように訊いた。

「普通の頭痛の痛みとは違うんです。まるで頭に鋭い刃物を突き刺されたような……」

「鎮痛剤は？」

「ほとんど効果がありません」

妃沙子がカルテに書き込んだ。

「結婚はしてらっしゃるの？」

「はい。半年ほど前に……」

「まだ新婚さんなのね」

妃沙子は微笑んで言った。

「はい」

「ご主人は頭痛のことはご存じなんでしょ？」

「はい。それを承知で結婚してくれました」

「お優しい方なのね、ご主人」

「それだけに申し訳なくて……」

「分かりました。前世に何か原因があるかも知れませんね。パストライフセラピーを行ってみましょう」

「……」

まどかには初めて聞く言葉だった。そんなまどかを見て妃沙子が言った。

「退行催眠です。過去の自分に戻って貰います」

「……はい」

まどかは、恐る恐るうなずいた。

4

マンション奥の六畳ほどの部屋が、セラピールームであった。そこは間接照明だけの薄暗い空間で、本棚も壁も絨毯も焦げ茶色を基調とした落ち着いた雰囲気に満ちていた。まどかは、その中央の長椅子で、少し背中を上げて横たわっていた。そんな彼女の心の内には不安と期待がせめぎ合っていた。それ以外には何もない。無であった。もう後戻りはできない。これで原因を突き止めなくては……。彼女は祈るような思いでそう心の中で唱えた。

そこへ妃沙子が入ってきて、まどかの胸のあたりまでタオルケットを掛けて静かに語りかけた。

「それでは催眠をかけさせて頂きます。軽く目を閉じて下さい」

まどかは言われるままにした。そのまどかに妃沙子が指示を与える。

「全身の力を抜いてリラックスしましょう」

言いながら、妃沙子はまどかの頭から爪先まで手をかざして気を送った。そして、まどかの額を三本の指で押さえる。まどかはいつの間にか催眠状態に陥り、半分夢の中にいるような気分になった。そんなまどかに妃沙子がさらに語りかける。

「人間の魂は何度も生まれ変わり、いくつもの魂を経て現在に至っている。前世の記憶は意識の奥に眠っていて自覚はないが、現在の生き方にまで影響を与えている」

その声を、まどかは夢の中で聴いていた。妃沙子の語りはさらにつづく。

「人々の現在の悩みの原因は前世にあるのです。あなたの悩みは潜在意識の中に存在していますので、その原因をあなたが私に教えてくれます」

「……」

「それでは退行催眠を行います。あなたの潜在意識は私の声につながります。ずっと以前、あなたが過ごしたことのある、ずーっと昔の世界、知らない名前、知らない時代、その昔の過去の世界へずーっとどんどん進みます」

「……」

「今、あなたは過去世の扉の中に降り立ちました。あなたは何歳でどこにいますか？」

半ば夢の中にいるまどかの前に、見たこともない別世界が出現した。彼女の視界に円形のテントのような内部がひろがっている。そこは巨大な和傘の骨組みを思わせるような天井が覆っていた。その周囲は牛や馬などの動物の毛皮を使った寝床がしつらえてある。中央の焚火《たきび》に大きな鍋がかけられ、鍋の中には動物の肉が煮込まれていた。日本の着物に似た茶や紺色のデールという民族衣装を纏った男が二人、女四人が家畜の糞の燃やされた焚火の周囲に集まり、羊の肉を頬張っている。男たちは白濁した酒を飲み、女や子供たちはスーティ・ツァイというミルクティーを飲んでいる。その女の子の一人が、まどかである。それが彼女の前世であった。完全にまどかの意識はその少女の中に入っていた。

妃沙子が再び問いかけた。

「あなたは何歳でどこにいますか？」

まどかは、まるでうわ言のように口を開いた。

「……私は九歳の女の子です。大きいテントのような中にいます」

「テント？　サーカスかしら？」

「……ゲルです」

「ゲル？　……モンゴルの遊牧民なのね？」

「はい」

「時代はいつ頃かしら」

「一四九二年頃です」

「あなたの他には誰がいますか」

「両親と妹二人……それに男のお客様が一人います。お客が来たのでみんなで羊の肉を食べています」

「あなたのお名前は？」

「バイラです」

「そこに誰か現在の家族や友人がいますか」

「……分かりません」

「顔ではなく目を見て下さい」

「あ……」

まどかが声を上げた。

「誰かいましたか」

「母のタオリが、三年前に亡くなった田舎の祖父です」

「お爺ちゃんはあなたにとってどんな人でしたか」

「優しい……とても優しい人でした」

「分かりました」

そう言うと、妃沙子は座っていたパイプ椅子から立ち上がった。

「それでは二十歳まで時間を進めてみましょう。五、四、三、二、一！」

声を張って手を叩いた。

すると今度は、まどかの目の前に果てしなくつづく緑の大草原がひろがった。蒼穹《そうきゅう》の下、二十歳のまどかは楽しそうに馬に跨っていた。夏場とあって薄手の生地の、紅色のデールにブルーのベストを纏っている。彼女は若い男と二頭で羊の大群を柵の中へと追い込んでいるのだ。

妃沙子が再び問いかけた。

「あなたはどこで何をしていますか」

「夫と二人で羊の世話をしています」

「結婚しているのね。幸せですか」

「はい」

「あなたの夫は、現在のあなたの近くにいる人ですか」

「はい。二歳下の妹です」

「妹さんとはうまくいっていますか」

「いいえ」

「あら、仲が悪いの？」

「高校時代に私のボーイフレンドを妹が奪いました。それ以来、ほとんど口も利いていません」

「今でも妹さんを許せない？」

「許せません。憎んでいます」

強い口調で言った。

「うーん。どうしてかしらね」

「……」

まどかは黙したままだ。

「それでは人生の最期の時に行って下さい。五、四、三、二、一！」

手を叩いた。その途端、まどかが体を震わせて苦しそうな声を上げた。

「寒い、寒い……！」

「どうしましたか？」

「寒い……！」

まどかの目の前に猛吹雪の大平原がひろがっていた。日はまもなく没しようとしている。その真っ只中で、まどかは直径三、四十センチほどの十字に組まれた丸太に、さながらキリストのように全裸で縛りつけられていた。寒さと恐怖に泣き叫ぶが、意識が薄れ、次第に叫ぶ気力も失せていった。

またも妃沙子の声が忍び込んできた。

「あなたは何歳になりましたか」

「二十八歳です」

「ご主人と一緒じゃないの？」

「夫は私を置き去りにして消えてしまいました」

「どういうことかしら」

「私が悪いんです」

「何かあったのね？」

「はい。私が他の男と関係を持ったのです」

「それでご主人が怒ってあなたを捨てたのね？」

「はい」

「子供はいなかったの？」

「出来ませんでした」

「独りぼっちなのね」

「はい。私はもうじき死にます」

まだ、寒さに震えているまどかに、妃沙子が優しく声をかける。

「今、あなたはここにいます。長椅子に横たわっています。もう寒くはありませんよ」

「……はい」

まどかは、ようやく落ち着きを取り戻した。そんなまどかに妃沙子が語りかけた。

「あなたと妹さんにはそういう前世の因縁があったのね」

「……」

まどかは目を閉じて黙したままだ。

「はい。この人生で何か頭に傷を受けたりしましたか？」

妃沙子が訊いた。

「いいえ」

それにはまどかは、はっきりと答えた。


そんな頃、高志は東名高速を東京方面に向かって走っていた。まだ静岡県内であった。彼は一刻も早く帰り、まどかの顔が見たかった。今日こそは、まどかの口から吉報が聞けるのではないかという予感を抱いていた。原因のない結果などあり得ない。科学の力で原因が分からないのなら超能力で解明できるにちがいない、と彼は確信していたのである。

5

まどかの退行催眠は第二段階に入っていた。目を閉じて横たわっているまどかに、再び妃沙子のセラピーが開始された。

妃沙子がまどかに告げる。

「それでは、その次の過去世まで飛んでみましょう」

「……はい」

「五、四、三、二、一！」

手を叩いた。

「あなたは何歳でどこにいますか？」

「私は十二歳で臨済寺というお寺にいます」

まどかが具体的に答えた。

「お寺ということは、日本かしら？」

「ええ。今の静岡県にあるお寺にいます」

袴姿のまどかの前方に、豪壮な寺の山門が近づいてきた。彼女はそこへ向かって歩いているのだ。

妃沙子の声が問いかける。

「あなたのお名前は？」

「竹千代です」

「竹千代……男性ね」

「はい」

「そこであなたは何をしているの？」

まどかは、いつの間にか質素な四畳半に移っていた。机や火鉢などが置かれた部屋――それは竹千代手習いの間である。そこでまどかは、正座して僧衣を纏った初老の男の言葉にじっと耳を傾けていた。

「私は人質です。住職の太原雪斎《たいげんせっさい》様から四書五経や医学、軍略などを学んでいます」

「あなたのいる時代はいつ頃かしら」

「一五五四年です」

「一五五四年といったら戦国時代の真っ只中ね」

「はい。だから私は今川家の人質になっているのです」

妃沙子が眉根を寄せた。

「今川家……人質……？」

「……はい」

妃沙子が椅子に座ったまま、まどかに指示を与える。

「それではもう少し先へ進んでみましょう。五、四、三、二、一！」

手を叩いた。

「あなたは何歳でどこにいますか？」

「あっ！」

と、まどかが声を上げた。

「どうしましたか？」

「……」

まどかは息を荒くして、喋らない。その様子をのぞき込むようにして妃沙子が問いかける。

「大丈夫ですか？」

「私……」

「何ですか？」

妃沙子が重ねて問いかける。

「私……家康です」

「家康って……まさか、徳川家康？」

「はい」

妃沙子は目を見開いて絶句した。

「今は何年で、どこにいるのですか？」

「一五七二年……私は三十歳で、浜松城にいます」

「じゃあ、まだ秀吉に江戸へ飛ばされる前ですね」

「三方原で武田信玄と戦ったばかりです。とてもとても恐い思いをしました」

「たしか負けたのですね」

「大敗北です。多勢に無勢だったのです。でも、まくる事を知らざれば害其の身にいたる、と申します。これはこれで後の血になり肉となると思います。だからこれはこれでよかったのです」

妃沙子が問いかける。

「そこで頭に傷を負ったりしませんでしたか？」

「いえ、逃げたのです。必死で逃げてようやく城に辿りつきました」

「分かりました。では、あなたの死ぬ時まで時間を進めてください。五、四、三、二、一！」

手を叩いた。

「あなたは今どこにいて何歳ですか？」

「大坂の本陣にいます」

「大坂に？　それはいつですか」

「一六一五年の夏です。私は七十四歳です」

「一六一五年の夏といえば大坂夏の陣ですね？」

妃沙子が確認する。

「……はい」

「大坂夏の陣では、徳川方が勝ったのでは？」

「歴史的にはそう言われています。たしかにそうなのです。けれど……」

「けれど……？」

妃沙子の問いかけを耳にしたまどかが、その途端、「ううーっ！」と喉を絞るようなうめき声を上げ、歯ぎしりをしながら顔をゆがめた。それはいかにも悔しそうな表情である。そんな彼女の頭の中には、遠く大坂城のイメージが浮かんでいた。が、それを眺めているのは、家康ではなく、真田幸村であった。幸村は、四十九歳の男盛り。彼は今、茶臼山の頂上で馬上から大坂城を見下ろしているのだった。緋縅《ひおどし》の鎧《よろい》をつけ陣羽織りというういでたちで鹿角の兜をかぶっている。

幸村の参謀は、倅《せがれ》大助の叔父にあたる大谷吉久、九度山以来のつき合いの渡辺内蔵助《くらのすけ》、それに冬の陣でも名を馳せた伊木遠雄《とおかつ》などの軍師である。数多いる徳川方、豊臣方の武将たちの中でもひときわ合戦経験に長けたつわものたちだ。それだけでなく、幸村を取り囲む四、五十騎の家来たちも、どれを取っても戦うために生まれたような俊秀ぞろいであった。

そこへ馬に乗った一人の家来が斥候《せっこう》から戻ってきた。家来は馬を降りると幸村に告げた。

「幸村様、家康はいまだ本陣でござる」

「うむ」

「この機を逃す手はありませんぞ、幸村殿」

大谷吉久が幸村の決断を促すように言い放った。

「分かっておる。戦況が不利なのはもとより承知。もはや秀頼殿も淀殿も救うことはできまい」

「残るは！」

渡辺内蔵助が合いの手を入れた。

「そうよ。決まっておる」

「奴だな？」

伊木遠雄が念を押した。すると、幸村が槍を振り上げ雄叫びを上げた。

「よし行くぞ。狙うは家康の首じゃ！」

「おーっ！」

家来たちも刀や槍を振り上げた。そして幸村を先頭に砂塵を舞い上がらせながら斜面を下って行ったのだった。

その頃、七十四歳の家康であるまどかは、天王寺口の本陣で旗本勢に囲まれながら床几《しょうぎ》にどっかと座っていた。老齢の顔には皺が畳まれ、戦の疲れは隠せない。そんな家康に御使番の小栗又一が茶を差し出す。

「大御所様、まずはご一服を……」

「茶など要らん。まだ幸村の居所は分らんのか」

「今、斥候が参りますので」

大久保彦左衛門がとりなした。そこへ馬が駆け込んできて、馬を飛び降りた家来が家康の前で蹲踞《そんきょ》する。

「真田の動静を伝えよ」

家康が威厳のある声で問う。

「は……幸村はまだ茶臼山に陣取っているものと思われます」

「うーむ。我が方をぎりぎりまで引きつけておいて一気に襲いかかろうという肚づもりじゃな」

「そう思われます」

家来が相槌を打った。

「冬の陣と同じ戦法じゃな。馬鹿の一つ覚えめ。もう真田丸のような轍《てつ》は踏まぬわ」

家康が言い放った。

「たとえ戦法を変えたとしても、いかに幸村といえどもここ本陣まではとても辿りつけまいと……」

大久保彦左衛門が言葉を足した。

「は」

「うむ……又一、やはり茶をもらおうか」

小栗又一が茶を差し出す。それを家康が旨そうに飲む。

「そうですとも。いかに戦場といえども大御所様には泰然としていただきませんと」

大久保彦左衛門が頬をほころばせた。が、そんなところへ数名の家来が息せき切って走り来た。

「奇襲でござる。奇襲でござる」

「どうした」

大久保彦左衛門が鋭く言葉を放った。すると家来たちが切羽詰まった顔で進言した。

「大御所様、お隠れを！」

「何事じゃ」

家康が目を剝いた。

「赤備えがこちらに」

「赤備え？　幸村か！」

「はっ」

「意表を突いてきおったか」

「兵の数は」

大久保彦左衛門が訊いた。

「四、五十騎ほどかと」

「こちらは五百騎、蹴散らして見せまする」

大久保彦左衛門が家康に自信を見せるが、

「しかし幸村を侮ってはいかん。ほかの陣所にも伝令を……」

「心得ました」

と、大久保彦左衛門の返事が終わらぬうちに、幸村が赤一色の真田戦旗をはためかせ、手勢を引き連れて馬で攻め込んできた。旗本備えを突き崩し、家康の本陣へと突進してきたのだ。まさに騎虎の勢いであった。家康を護る五百の旗本たちは、真田勢のあまりの猛攻に慌てふためき八方へ散ってしまう始末である。

「真田左衛門佐参上つかまつった！　大御所のみしるし頂戴いたーす！」

馬上で槍をかかげながら幸村が叫んだ。が、家康はその勢いに怯み、馬に乗って逃げ出した。

「待て、家康！」

その後を幸村が追った。

小栗又一が勇敢にも家康を護り、幸村を槍で襲うが、逆に幸村の槍に蹴散らされてしまう。真田勢は、逃げ遅れた家康勢に次々と襲いかかっていった。怒号、血飛沫、叩き合い突き合う刀槍音が響き渡る。本陣は狂瀾怒濤の戦場と化した。しかし、真田勢の圧倒的な優勢である。

家康は、観念し、馬を降りた。そして大久保彦左衛門に下知する。

「もはや、これまでじゃ。敵にわしの首を討たせるな。早う介錯《かいしゃく》をせよ」

家康は、そう言うと、小刀を抜いて腹を開いた。それを大久保彦左衛門が制する。

「大御所様、まだまだ早うございます。どうかお待ちくだされ」

「無駄じゃ」

「されど……！」

そこへ幸村が槍を振りかざして突進してきた。

「大御所のみしるし頂戴！」

大久保彦左衛門が刀で応戦するが、逆に肩を突き刺され倒されてしまう。その隙に家康は逃げるが、すぐさまそれを幸村が追った。

「家康、卑怯ぞ！」

幸村が馬上から家康を槍で突いた。それが家康の左側頭部に突き刺さる。

「うわっ！」

家康は倒れ込んだ。左側頭部から血飛沫が吹き上がる。家康は頭を押さえ最期の気力で幸村を睨みつけた。

「幸村、この怨み、来世まで忘れんぞォ！」

「おお、待っているぞ！」

家康は、その場に頽《くずお》れ、こと切れた。

「真田左衛門佐、家康を討ち取ったぞォ！」

幸村が天に向かって槍を高く突き上げ、勝鬨《かちどき》を放った。その刹那、セラピールームに横たわるまどかが、悲痛な声で叫び出した。

「痛い、痛い、痛い……！」

6

小峯妃沙子のセラピールームでは、まどかが左側頭部を押さえて悶《もだ》え苦しんでいた。

「痛い、痛い、痛い……！」

妃沙子がまどかの両肩を押さえて必死で語りかける。

「ここはもう戦場ではありません。あなたの周りに敵はいません。もう戦場ではありませんよ」

その声に、まどかはゆっくりと荒い息を整えていった。

「大丈夫ですか？」

「……はい」

しかし、まだ眼は閉じたままで、催眠状態の中にいる。家康から抜け切れていないのだ。

「あなたは夏の陣で亡くなったのですね？」

妃沙子が語りかける。

「……はい」

「でも、あなたはその翌年江戸で亡くなったことになっていますよ」

「大坂で私が斃《たお》れたとあっては、徳川の旗本はこのように腰抜け揃《ぞろ》いだったのかと笑いものになってしまいます。それは取りも直さず徳川幕府と将軍、そして私の恥を天下に晒すことになります」

「それで生きていることにしたのですね」

「息子秀忠が二代将軍になったとはいえ、関ヶ原戦でも真田に翻弄され遅れてくるような不甲斐無い奴です。まだまだ頼りなくて私が死ぬわけにはいかなかった。それだけに無念至極です」

悔しさを滲ませて言った。

「それじゃ、あなたの死後江戸城におられた家康は？」

「わずかの間でしたが、あれは私の替え玉。ただの傀儡《かいらい》です」

「そうだったんですか……」

「堪忍は無事長久の基……それを肝に銘じてついに天下を取ったというのに……かえすがえすも無念です」

「そのお気持ちはよく分かります」

すると、まどか（家康）が、

「幸村……憎い憎い、憎くてたまらない。あの男だけは未来永劫許せない！」

と怒号を発した。

「でももう、それも過去のことですよ。今となっては遠い過去のことです。さあ、あなたは現実に戻ります。私が三つ数えたら目が覚めますよ。三、二、一！」

手を叩いた。すると、長い眠りから覚めるように、ようやくまどかが目を開いた。

「ご気分はいかがですか？」

妃沙子がやわらかく訊ねた。

「はい……」

「これで、あなたの頭の痛みの原因がはっきりしましたね」

「はい」

「もう大丈夫ですよ」

まどかの瞳は、何かに揺れている。

「あなたの家康としての人生の中に現在の友人や家族はいましたか？」

妃沙子が訊ねた。

「……はい」

まどかは抑揚の失せた声で答えた。

「それは誰？」

「幸村……」

「真田幸村？」

「はい」

まどかは一点を見据えた。

「現在のどなたですか？」

「……」

「どなたですか？」

妃沙子が重ねて訊いた。

「……高志さんです」

「タカシさんとは？」

「……夫です」

「え……結婚されたばかりのご主人？」

「はい」

「……」

妃沙子はしばらく声を失った。

「それを知ってショックですか？」

「はい、とても……」

言った途端、まどかが頭を押さえて苦しみ出した。

「痛い、痛い……やっぱり痛い！」

「大丈夫ですか？」

妃沙子がはらはらしながら訊ねる。が、まどかは人が変わったように鋭い目つきで言い放った。

「過去世に戻ることで痛みが消えるというのは嘘だったんですか」

「いえ。普通は治るんですよ。でも、あなたとご主人の場合は特別なケースですから」

「先生はご本の中で、自分の仇に復讐しないと現在の苦しみを来世まで引きずるとも書かれていましたよね」

「たしかにそう書きました。でも、それは先生方によっていろいろな見解が……」

「もう信じません！」

まどかは部屋を飛び出すと、錯乱状態で『セラピールームやすらぎ』を後にしたのだった。

7

まどかは、夕暮れの街を茫然自失の体で歩いた。どこを歩いているのかも分からぬほど我を失っていた。さながら夢遊病者のようだった。今の彼女には何を考えることもできなかった。ただ胸の底で己の運命を呪うばかりであった。そして、まるで取り憑かれたように一つの言葉を呟きつづけていたのである。

「来世まで……来世まで……」

来世までこの痛みを引きずるのかと思うと、彼女は暗澹《あんたん》たる気分になった。そんな運命から一刻も早く逃れたい、開放されたいという一心だった。しかし、そのためには復讐を遂げなければならない。が、そんな恐ろしいことが果たして自分にできるだろうか……。

そんな思いに逡巡している時だった。バッグの中の携帯が鳴り出した。取り出してみると、案の定、相手は高志であった。

「……はい」

不気味な低い声で応じた。

「セラピー、どうだった？」

高志の思いやりのこもった声が流れてきた。

「ええ」

「何か分かったかい？」

「ええ」

「そう。今、海老名サービスエリアだから、もうすぐ東京に着くよ。そしたら家でゆっくり聞くから」

「……ええ」

そう短く返すと、まどかは電話を切った。それから一言、「幸村め！」と吐き出していた。

高志はいつも優しかった。結婚してからずっと。そんな高志にまどかは日頃から感謝していた。申し訳ないとも思っていた。しかし結婚以来、まどかの片頭痛は以前にも増して重症化していた。その原因は高志自身にあったのだ。最も一緒にいてはならぬ相手と結婚してしまったのである。自分を殺した仇などと。そんな男と一緒に暮らしているのだから症状が悪化するのは当り前だった。それが今日、ようやく判明したのである。一刻も早く高志から離れなければならないことは分かっている。だが、離れたところで痛みから逃れることはできない。復讐しない限りずっと苦しめられるのだ……来世まで……。

熱に浮かされたようにそんなことを考えながら、どこをどう歩いたのか、気がつくとまどかは自宅の玄関に入っていた。そして扉を音を立てて閉めた途端、彼女は我に返った。夢から覚めたように現実に戻ったのである。すると、霧が晴れるように自分の中の迷いが消えているのを彼女は知った。いや、決意が固まったのである。

――殺そう！

槍で突き殺されたのだから刀で刺し殺してやるのだ――。彼女の殺意は、もう迷いのかけらもない強固なものだった。

まどかは台所へ行くと、包丁立てから今朝洗ったばかりの出刃包丁を摑み上げた。その鋭い刃先に目をやっても罪の意識は全くおぼえなかった。自分を殺した相手に復讐するだけなのだ。三十五年間苦しめられてきた怨みを晴らすだけなのだ。被害者はこちらなのだ……。そう思うと、あんな男に感謝していたこれまでの自分が馬鹿に思えてならなかった。

その時、ダイニングテーブルの上の電話が鳴り響いた。ハッとまどかは電話機に目をやった。

が、相手は高志ではない。彼ならば携帯にかけてくるはずだ。こんな時に一体誰だろう……。まどかは煩わしいと思いながらも受話器を取った。

「……はい」

「城東運輸の中野ですが……！」

相手は高志の上司であった。その声は妙に昂《たかぶ》っている。

「奥さん、大変です。吉村君が交通事故で……」

「交通事故？」

「ええ。警察から連絡があって、吉村君が亡くなったって言うんですよ」

「そんなァ……！」

まどかは悲鳴に似た声で叫んだ。

「お辛いでしょうけど、奥さん、お気を強く持ってください」

「そんな――嫌！」

まどかは半狂乱になって受話器を放り投げていた。それからすぐにリモコンでテレビのスイッチを入れた。テレビ画面には夕方のニュースが流れていた。中年の男性アナウンサーが、すっかり動転した様子で高志のニュースを伝えるところであった。

「――ここで、たった今事故のニュースが一本入りました。東名高速の横浜青葉インター付近で大型トラック同士が中央分離帯を乗り越えて正面衝突した模様です。この事故で一方のトラックを運転していた吉村高志さんが全身を強く打って死亡しました。もう一方のトラックに乗っていた田中源太さんも全身に大怪我をしましたが、命に別条はないということです。警察の調べでは下り車線を走っていたトラックが中央分離帯を乗り越えて上り車線に飛び込んだのが事故の原因と見られています。この事故で東名高速は夕方のラッシュとも重なり上下線ともかなりの渋滞になっている模様です……」

テレビ画面に事故現場のヘリコプターからの空撮映像や、免許証の高志の顔写真がアップで映し出された。それを見たまどかは、怯えたように全身をぶるぶると震わせた。その顔は痙攣《けいれん》したようにゆがんでいる。

「今生で復讐を遂げなければ来世まで苦しめられる……もう嫌、来世までなんて……もう嫌……！」

そう叫ぶと、まどかはカーテンを裂いてサッシ戸を乱暴に開け、ベランダへと踏み出した。東京スカイツリーの上部が色鮮やかに輝いているが、そんなものは目に入らなかった。まどかはコンクリートの手すりに上り、地上を見下ろした。そこは人気のない暗い駐車場になっている。まどかにとってベランダの柵は、この世とあの世の境界線だった。だが、彼女に迷いはなかった。そこでまどかは、最後の絶叫を放った。

「一生、この痛みを引きずるくらいなら……そんなの、もう耐えられない……！」

その直後、彼女は意味不明の奇声を発しながら、あの世の側へと飛び降りたのである。数秒後、ドスン！　という鈍い音とともに「ギャーー！」という通行人の女性の悲鳴が響き渡った。

ダイニングでは、見る人もいないテレビが高志の事故の続報を伝えていた。

「……先ほどお伝えしました東名高速での事故の続報です。警察の不手際がありました。免許証を取り違えたということです。亡くなったのは吉村高志さんではなく、先ほど大怪我とお伝えした田中源太さんだそうです。吉村高志さんは大怪我をしていますが命に別条はないとのことです。繰り返します。吉村高志さんは怪我をしましたが、現在病院で治療中で命に別条はないということです。訂正させていただきます。……」

誰もいなくなった部屋で、テレビだけががなり立てている。窓からは夜風が吹きこんで、ただカーテンが大きく揺れていた……。

〈著者紹介〉

黒岩夕城（くろいわ ゆうき）

群馬県生まれ。

プロボクサー、俳優を経て、脚本家に。

映画、テレビアニメ、サスペンスドラマ、NHK時代劇、民放の朝の連続ドラマ等、百本ほどを執筆し、現在に至る。

淑女の告白

短編推理小説集

2024年6月18日初版第1刷発行

著　者　黒岩夕城

発行者　百瀬精一

発行所　鳥影社 (www.choeisha.com)

〒160-0023 東京都新宿区西新宿3-5-12トーカン新宿7F

電話 03-5948-6470, FAX 0120-586-771

〒392-0012 長野県諏訪市四賀229-1（本社・編集室）

電話 0266-53-2903, FAX 0266-58-6771

印刷・製本　モリモト印刷

ISBN978-4-86782-096-4 C0093